乐事

郑在欢 著

Joy to die
欢乐隐秘之所在

山西出版传媒集团
北岳文艺出版社·太原

第二本　杀手 —— 187

一　杀手 —— 188

二　被捕 —— 236

画外音　其实，你就是你 —— 257

后记　不悔少作是为诚 —— 259

目录

楔子　囚见 —— 1

第一本　新生 —— 5

一　新生 —— 6

二　广州 —— 8

三　我死之后 —— 35

四　女人 —— 45

五　流浪的归宿 —— 62

六　爱与患 —— 81

七　欢乐的归宿 —— 93

八　大侠的夙愿 —— 126

九　大侠离开之后 —— 162

十　又见小虫 —— 172

画外音 —— 183

* 楔子 囚见 *

走过探视厅,我见到了久违的乐子。

他淡淡地笑,丝毫不介意这是什么场合,就和小时候在偷瓜的田埂上偶然相遇一样。

她还好吗?

好,做模特呢。

我是说我奶奶。

她也好,身体好着呢。

乐子不笑了。他一直是这样,不安时才笑。

谢谢你能来。

我来是想和你说件事,我想参加网上的一个征文比赛,要求写写真人真事。你知道,我的生活跟凉白开一样,没啥写头,我想写写你,可以吗?

乐子显露出些许关注。我知道他一直都喜欢写作,小学时他的作文就是最棒的,几乎每一篇都被老师当成范文来读。

就把我当作反面教材写吧,乐子说,让大家不要像我一样就行。我家里有一本日记,还没人看过。

我被乐子的大度所感动,向他保证一定会保留他日记的原汁原味。在乐子家,我找到了两个本子,不能想象,在一个死囚家里最隐秘的地方,放的不是赃款,不是罪证,只是两个本子。忐忑之中,我翻开这本记述了一个死囚从纯真到沦陷的日记。

通篇由第三人称写作。作为日记的主人,乐子似乎有意和笔下的自己撇清关系,用自嘲与幽默的口吻把一个少年的流亡经历娓娓道来,就像一个顽童在讲一个信口编造的故事一样,把主人翁不断丑化、美化、扭曲、矫正。

日记的扉页上,乐子写道:我,早已不是我。

第一本 新生

　　材　　质：废弃的工程资料，背面写字，正面是建造大楼的计划书。

　　字　　数：55690 字

　　持续时间：2006 年 9 月—2009 年 3 月

　　记 述 者：乐子

　　编辑整理：郑在

一　新生

1.1

这一天对乐子来说是个特殊的日子，乐子的心既豁然开朗又阴云密布，就像今天的天气，晴转暴雨。

他做了有生以来最英勇的一件事，在这个从不敢大声说话的家里大声地骂了他惧怕了十七年的继母。悄然长大的少年再也不能忍受继母随意的打骂，就像是一个小小的火星迸进了满满的火药库，引燃了他积压了十七年的悲愤。

再也不能为了一天三个馒头而忍气吞声，为了百十块的学费而认打认骂。他就像一头暴怒的狮子，蹦跳着，咆哮着，把早已在心里说了无数遍又一直都没敢说出口的话一一说了出来，历数这个女人对他所做的一切，不想后果，不顾劝阻，无视任何人的存在，仿佛天地间只有理直气壮的他和理屈词穷的继母持续咆哮，直到声嘶力竭。

无话可说的继母很快找到了最有力的一句，那句被她重复了无数次的话又一次扔到乐子脸上：有本事你走，永远不要回来。

　　这句恐吓再也无法发挥它的效用，乐子仿佛看到了久违的自由，尽管那意味着日后将艰难地生存，不会再有人给他馒头，极有可能饿死街头——但那也同样意味着没有打骂，没有吵闹，没有颐指气使，没有厌恶的眼神。

　　有本事你就永远不要回来。

　　好，乐子一个潇洒转身，向围观的四邻深鞠一躬，义无反顾地狂奔而去。他就这样一直跑，一直跑，仿佛奔跑就是止痛剂。

　　瓢泼的大雨倾盆而下，这一口气耗尽，乐子摔倒在地。他张开双臂迎着风雨，任恐惧与渴望交织而成的兴奋冲破天灵盖，直面风和雨。

　　风停雨住，他站起身来，朝那片缥缈的光影蹒跚而去。蹒跚如老叟，蹒跚如新生。

二　广州

2.1

广州。

乐子之所以把第一站选在这里，是因为他的爸爸、叔叔、舅舅、表舅都在这里讨生活，他从小就听长辈们讲这里的传奇，什么大白天有人漫天撒钱，要饭的被人施舍十万。对广州，乐子一直心向往之。他知道，自己迟早也会来到这里，只是没想到这么早就来了。他还小，干不了别的，看来只能要饭了，就算要不来十万块，在地上捡点也不错啊。

因为走路时一直急切地盯着地面，惹得无数好心人围着他问，小弟弟，你丢了什么呀？

乐子捡钱心切，随口答道，钱。

钱！众人闻听此言，纷纷低头寻找，乐子见此场景，不由大为感动。

是我先看到的！是我！人群中突然一阵喧闹。乐子举首望去，只见两个大汉正抢一个钱包，争得不可开交。其中一人猛地一扯，钱包抛向空中，划了一道优美的弧线，不偏不巧落在乐子面前。乐子正要去捡，却被一大汉抢先得手，此人感激地看了乐子一眼，拿着钱包狂奔而去。众人见钱包一去不复还，都骂骂咧咧地离开了。

乐子看着这匆匆而来又匆匆结束的一幕，不由得一时无语，但有一点可以肯定，在这里捡钱恐怕比在老家拾粪要难多了。

2.2

这天乐子起得比较晚,从垃圾站里钻出来的时候,已经日上三竿了。

乐子今天还是比较激动的,虽然在广州拾钱度日的愿望破灭,但在昨天,他又发现了一个维持生计的好方法——投稿。

这一发现源于他在垃圾箱旁捡到的杂志,看到上面有的人写一个字就一块钱,不禁怦然心动,心想要是这样的话,一天写十个字不就能发家致富了吗?

激动之余,乐子把准备买馒头的钱买了纸和笔,回到垃圾箱前席地而坐,铺纸提笔,准备挥毫泼墨,一展文采。可文采这东西就像洪水一样,有时泛滥成灾,无时滴水难求。此时乐子的脑袋里真的是一滴水都没有,他坐在地上一动不动,仿佛入定的老僧一般,心里虽然翻江倒海,却一个字也写不出来。他想起以前看到那些垃圾文章还义愤填膺,现在看来,原来写这些垃圾也需要很大的勇气呢。

就在乐子冥思苦想酝酿洪水的时候,他身边分别走过了一只流浪狗、一个要饭的和一位艺术家。

流浪狗是第一个注意到坐在垃圾箱旁的乐子的,它见乐子对着垃圾箱一动不动,以为是要来争夺这个它赖以生存的救济箱呢。它每天都靠吃这里的东西生活，自然是不容他人侵犯了。它虎视眈眈围着乐子绕了几圈，见乐子仍一动不动，丝毫不把它放在眼里，不禁勃然大怒，怒目圆睁，汪汪叫了起来。乐子这才被惊醒，他见这条不长眼的狗竟敢打断自己思路，不由怒火中烧，一块石头就把这条多事的狗给打发走了。

那狗满心不甘地走了之后，又来了一个老乞丐。他用浑浊的双眼看着乐子，满目哀求，一句话都不说，就这样静静站在乐子身后，一动不动，直到乐子感觉到他的存在。乐子见他满副可怜的样子，还以为要向自己乞讨呢。

乐子连连摆手，对不起，老先生，我今天还没吃呢。

老乞丐嘶哑着嗓子说，我不是来找你要钱的，我只是来告诉你，这个垃圾站一直都是我在住，你昨天不请自来，已经让我在外面露宿一夜了，所以我希望，你尽快搬走吧。

原来是这样，乐子松了一口气，对老丐说，一定一定，我一定会尽快离开的。

老乞丐听后很是满意，又端着他的破碗出去"发财"去了。

老乞丐前脚刚走，又来了一位长发披肩的艺术家，他异常激动，拿起那张乐子因为心烦而随意乱涂的废纸，颤抖着说道，真真是英雄所见略同啊，我早就想画垃圾箱了，可苦于一直没有灵感，没想到小兄弟文思泉涌、才情横溢，看这幅画，即有梵·高的印象感，又有国画的随意性，真是艺术的大境界啊。小兄弟，能赏脸到我家一叙吗？

乐子看着他拿着一张废纸糟蹋了半天艺术，有些不知所云，但他最后一句话对饥寒交迫的乐子还是很有诱惑力的。

出于对乐子艺术天赋的欣赏，艺术家把乐子带回了自己的别墅，以便于两人对艺术进行更深入的切磋。

乐子住进别墅的第二个星期天，就被艺术家客气地请了出来，原因是艺术家发现乐子除了垃圾箱画得比较好，鸡蛋画得比较圆之外，别的啥都不知道，除了吃什么之外，根本没的聊。

2.3

从艺术家别墅里出来后,乐子对艺术仍没有什么深入的认识,他一直弄不明白艺术家是干什么的,却为艺术所创造的财富大为心动,心想,一定要弄清楚艺术是个什么东西,干这行实在太实惠了。

别墅一行后,乐子不禁对自己"有馒头就满足"的生活态度有所动摇,在艺术家的别墅里,乐子发现了许多比馒头更具诱惑的东西,并把这些东西定为了自己新的目标。

怀着对别墅生活深深的眷恋与不舍,无奈的乐子只得暂时回到那个被老乞丐和狗盘踞的垃圾站,虽然这里与艺术家的别墅有着天壤之别,但乐子仍乐观地认为,住在这里只不过是权宜之计,在不久的将来,自己一定也会成为一个像艺术家一样的什么"家"。

老乞丐见乐子回来,似乎并不意外,也没有再赶他。倒是那条狗对乐子的回归不是很欢迎,它汪汪地叫着,似乎仍然对朝它扔石头的乐子记恨在心。

老乞丐递给乐子一个破垫子,淡淡地说,坐吧孩子,别难过,不要跟人家比,不是所有人都能过上好日子。

乐子第一次听人这么宽慰自己,不禁大为感动。第一次被感动的乐子没有控制住自己，眼泪止不住地流，趴在老乞丐腿上泣不成声。那条狗听乐子号啕大哭，不明所以的它以为乐子又要耍什么花样，也不甘示弱大叫起来。一时间哭声、狗叫声此起彼伏，老乞丐没想到自己一句话惹出这么大乱子，连忙一边劝乐子，一边训狗。流浪狗和老乞丐日久生情，对他言听计从，很快不叫了，和老乞丐一起哄起了乐子。乐子架不住一人一狗的轮番进攻，终于破涕为笑。于是，这小小的垃圾站在这个冰冷的黑夜里，弥漫着暖暖的快乐。谁会知道，这发自内心的喜悦来自一个已至迟暮的老乞丐，一个命运多舛的少年，以及一只无家可归的流浪狗呢。

　　在这夹杂着狗叫的欢笑声中，乐子和一人一狗开始了他在垃圾站里的生活。

　　在那段日子里，乐子曾一再对文学和艺术进行刻苦钻研，最终两者都无果而终。失望之余，乐子终于明白，在这两个领域里，他都无法像那个艺术家一样成之为"家"了。虽然他鸡蛋画得很圆，虽然他有一肚子故事要讲，但他不会像他们一样表达。在这残酷的现实中，沉默的人注定与"家"无缘。而令人始料未及的是，因为一个偶然的机缘，乐子如愿以偿地成了一个"专家"——一个专搬砖头的家伙。

因为老乞丐的劳动成果远远不够乐子和流浪狗吃的,所以乐子决定去找个工作,因为他现在还属于童工,所以没有地方敢要他。四处奔波的他四处碰壁,直到那天他遇见大牛。

那是一个四处弥漫着悲伤的下午,又一次遭人拒绝的乐子坐在马路边唉声叹气,看着一个妖艳的女人从眼前晃过,他忍不住多看了两眼。此女见一个衣衫褴褛的乞丐这样看着自己,不禁回头骂了一句。就在这时,一辆货车疾驰而来,带着仿佛来自异世界的风把那个女人卷向半空,重重落在乐子面前,吓得乐子差点咬断舌头。他看着这个刚刚还不让自己看她的女人再也不能不让自己看她,不禁黯然神伤。

惹祸的司机开车逃逸,却又在十字路口撞上了一个一头长发的男人,在那个男人急速下落的刹那,乐子看到了一张熟悉的脸,那个曾让自己盲目崇拜的艺术家的脸,他像一片衰败的秋叶一样无力地落下。

短短片刻之间,乐子见证了两个辉煌生命的衰败,这让还侥幸活着的他不胜唏嘘。他连忙站起身,小心翼翼走向那个葬送了两条生命的十字路口。他万万想不到的是,就是在那个充满死亡气息的十字路口,他找到了人生中第一份工作。

路的尽头,他看见了举着招工牌的大牛。

看到大牛,乐子没有表现出应有的兴奋,他庆幸在这个充满血光的日子里，能保住小命就不错了，哪还敢奢求什么工作。

出人意料的是，大牛竟主动找上了他，兄弟，需要工作吗？跟着哥们儿干，保你前途无量。

听到工作，乐子还是出于本能地激动了一下，他随口问道，什么工作？

房地产。

房——地产？乐子由于太过激动，差点噎住。对于房地产，乐子还是略知一二的，在电视上经常见到这帮人风光无限的情景。真的是——房地产吗？乐子激动得语无伦次。

那是当然，大牛一本正经地说，我们公司是很正规的，员工待遇都是很好的，还给报医药费。

乐子没想到自己还能进公司，当下痛快地答应了大牛。

大牛也很高兴，表示可以先带乐子去熟悉一下环境。乐子满怀期待跟着他来到一个建筑工地，大牛停下来，仍处于亢奋状态的乐子拉着大牛说，走啊，赶紧去公司啊。

大牛说，这就是呀。

乐子一脸茫然地问，这就是……这……这怎么办公啊？

大牛指着一个正在搬砖头的人说，就像他一样啊，这还不简单吗？

闻听此言，乐子瞠目结舌，你不是说，咱们是搞房地产的吗？

是啊。咱们不把房子盖起来，哪来的房地产。

乐子一时无语。就这样，乐子稀里糊涂地搬起了砖。虽然在这里搬砖和在房地产公司办公相差甚远，但一无特长、二无学历、三无身份证的"三无"人员乐子，也只有暂且委身就任了。

即便想象与现实落差甚大，乐子仍十分珍惜这来之不易的第一份工作，并且坚信三百六十行，行行出状元。于是，执着的乐子就向着搬砖头状元时刻努力着，该搬的砖他搬，不该搬的他也搬，该自己搬的他搬，该别人的他还搬，工地上三个人搬砖的活，他一个人全干了。见砖头就搬的他最终引起了大家的广泛关注，在经过深刻的讨论与研究之后，大家送给了他一个响亮的称号——世纪傻蛋。

2.4

乐子就这样忘我地工作了半个月，突然想起了一件至关紧要的事情——自己找到工作的事，还没回去告诉老乞丐呢。

乐子连忙找到大牛，让他替自己向工头请假。听了乐子的话，大牛表示自己很感动，并借给乐子二十元钱以示支持。乐子拿着钱，感激得涕泪淋漓，他从没有拥有过这么多钱，一时间不知装在哪里是好，最后在大牛的指点下，塞进鞋子里才放下心来。

乐子迫不及待回到垃圾站，老乞丐却不在，只有流浪狗万财勾搭了一条小母狗在那里玩耍。乐子知道老乞丐一定又去发财了。

几经周折，乐子最终在一个天桥上找到老乞丐，他的面前放着万财的饭碗，不住对来往的行人磕头作揖。乐子没有马上走过去，他远远站在桥头，看着向人不住求施的老乞丐，心里一阵酸楚，有谁会知道，老乞丐所讨要的东西是为了给一只流浪狗和一个孤儿呢？

乐子来到老乞丐面前，发现他今天收获颇丰，狗食盆里除了十元钱本钱，还多出十几元。老乞丐见了乐子，又惊又喜，他颤抖着说，这些天你到哪儿去了？孩子，我还以为出了什么事呢。就算你要走，也要跟我说一声啊。

听了老乞丐的话，乐子十分愧疚，他语无伦次，不是……我……不是找到工作了吗……

找到工作了？老乞丐兴奋地说，好好，走，我们回去庆祝庆祝。老乞丐拉着乐子回到了他们的根据地——垃圾站。老乞丐决定买些菜好好吃一顿。他把狗盆里的钱全给了乐子。乐子激动地告诉老乞丐不用给他钱，他自己有钱，说着脱了鞋子去掏钱，可掏了半天仍一无所获，气急败坏地检查那只破鞋，最后终于明白，原来钱早已从鞋子烂掉的洞里掉了。

看着属于自己的第一笔巨款以这样的方式消失不见，乐子一时间无比难过，委屈得掉泪。老乞丐连连相劝，不要紧，孩子，男儿若有真本事，千金散尽还复来。孩子，是男人咱就别哭。老乞丐这句"是男人咱就别哭"果有奇效，乐子立即就止住了悲声。

那晚他们以水代酒喝了很多，老乞丐的话也多了起来，他一遍又一遍对乐子说，自己之所以沦为乞丐，都是因为不被人理解。他年轻时也是一代才子，也曾想过有朝一日成为一个什么"家"，可苦于天才总是不被人理解，一次次不受社会重视，他不禁心灰意懒，就在这闹市之中做了乞丐，每天在路边洞悉世间万态，来完成另一种艺术的积淀。

乐子听说老乞丐也曾和自己一样梦想成为一个什么"家"，不禁有一种同是天涯沦落人的感慨，他语重心长地对老乞丐说，住在这样的垃圾屋里，真是委屈你了。

此言非也，老乞丐跩起文来，所谓小隐隐于林，大隐隐于市，最隐隐于垃圾箱。我为什么要住在这垃圾堆里，而不是别的什么地方，这是因为我要发挥余热，为环保献上一分力量。你看，我把垃圾箱清理得多干净啊。

乐子看着没有垃圾的垃圾箱，又看了看垃圾箱外堆积如山的垃圾，不住点头。

还有，老乞丐补充道，你看我的书法怎样，比那些大家有过之而无不及吧，可人家就成了"家"，而我却成了……

乐子连忙附和，是，是，从您老人家在垃圾箱上写的"此处不许倒垃圾"那几个字就可见您的造诣非凡，非一般人所能比。

老乞丐几十年来未被溜须拍马，今日听了乐子的话甚是受用，更加得意忘形，是啊，我告诉你孩子，住在垃圾箱里的不一定都是垃圾，摆在博物馆里的不见得都是珍宝，所以，一时失意并不代表永不翻身……老乞丐说到兴起，一时间妙语连珠，滔滔不绝，以至于最后变得语无伦次、前后矛盾，但他仍然反反复复说着。乐子知道老乞丐沉默了太久太久，他现在急于要表达一些什么,而当一个人急于表达的时候,他就不会在意听的人是谁,甚至不在乎有没有人在听。当乐子和万财沉沉睡去的时候,老乞丐仍喋喋不休地说着他积压了几十年的故事。

为了美好的前途,乐子只得暂时和老乞丐挥泪作别,回到他深爱着的搬砖事业当中。

2.5

由于乐子搬砖头努力认真,娴熟干练,给工地做出了很大贡献,他们的包工头特意开大会表扬了他,并授予他"金牌搬砖人"的光荣称号,享受每顿饭五个馒头、一碗猪肉炖粉条的高级别待遇。

受到包工头肯定与嘉奖的乐子十分兴奋,他仿佛看到了不远的未来——在一个明亮的教室里,下面坐着黑压压一片莘莘学子,竖着求知的耳朵,听他讲着搬砖的技巧。他更加坚定地认为,只要一条道走到黑,就一定能成功,可不幸的是这条路他刚走到一半,就被一块从半路杀出来的砖头砸断了去路。

就是一块平凡的,乐子每天都会接触到的砖头,砸在了他的脚上,砸断了他两根脚趾头。俗话说十指连心,脚趾自然也不例外。乐子当即疼得冷汗直流。大牛见自己不小心砸着了乐子,连忙带他去医院。在路上,大牛情真意切地对乐子说,你就说我是你哥,这样老板会看在我的面子上多赔你些钱。

乐子见大牛如此忠义,感激涕零,心道,真是危难之中见真情啊。

大牛真情款款把乐子送到医院,又自告奋勇去帮乐子讨要工伤赔偿。包工头对乐子也十分重视,当下亲自把钱送到医院。

大牛依旧十分热心地帮乐子把钱领了。

乐子见大牛为自己忙里忙外，十分感动，连声致谢。大牛大手一挥说，不要客气，咱们啥关系呀，我帮你是应该的。你在这儿等着，我去帮你交住院费。说着，大牛拿着赔偿金匆匆走向了那条黑暗又狭长的走廊。

乐子望着大牛的背影叹道，有此良友，此生已足矣。可他万万没想到，这位不可多得的良友竟拿着他的救命钱一去不回了。

由于大牛带着乐子的住院费消失不见，医院毫不犹豫将他请了出去。见乐子一瘸一拐地走出医院，一个小护士一时善心大发，追出好远，送给他一包创可贴。心灰意冷的乐子接过创可贴，感慨万千，他像往常一样想道，这世界还是有好人的。

老乞丐见乐子一瘸一拐地回来，并没有太过惊奇，他只是淡淡地说，我就知道，刚踏入社会，一定会遇到许多挫折的，你怕了吗？

不怕！乐子一边贴创可贴，一边回答。

让乐子没想到的是，因为他的伤，老乞丐和流浪狗万财都过上了好日子。

那是又一个饥饿的午后，老乞丐看着饿得无精打采的乐子,痛下决心说,看来,只有用我的拿手本事才能解决温饱了。

次日清晨,老乞丐就把他的拿手本领付诸行动。他用一个类似于担架的东西拉着乐子沿街乞讨,又请人在一张白纸上写着"此子三岁丧母、四岁丧父"等诸如此类感人肺腑的话。

老乞丐这一招果然行之有效。人们之所以不再施舍乞丐,是因为大街上的乞丐实在太多,而真正需要怜悯的又太少。老乞丐与乐子第一次以这样的方式出现,深得人们同情,顿时万财的狗食盆就盛不下人们的爱心了,老乞丐连忙买了一个水桶才算暂时顶住。见老乞丐与乐子掘到了乞丐界的第一桶金,其他乞丐纷纷效仿,一时间满大街都是拉着"乐子"的"老乞丐"。

再说乐子与老乞丐因开创了一种全新的乞讨方式,不但众乞丐争相传颂,同时也引起了很多媒体的关注,各大报纸纷纷报道,什么"花样少年沦为乞丐","残疾少年与爷爷沿街乞讨"云云。老乞丐没想到自己迟暮之年还能名扬四海,糟糕的是他已经忘了自己的名字,在记者采访的时候,他临时给自己起了一个很响亮的艺名——乞业家。于是,得到内幕的记者马上写了一篇报道《记善良乞丐——乞业家和他收养的残疾孩子》。该报道一经刊出,马上引起了社会的广泛关注,各界纷纷捐款捐物,老乞丐和乐子数着源源不断的来自四面八方的钱,恍然如梦。

热爱环保的老乞丐还是搬出了他为之奉献多年的垃圾站，带着乐子和万财住进了一栋小楼。

2.6

乐子哭了。

他的眼泪落在老乞丐早已失去知觉的身体上。乐子反复摇晃着老乞丐骨瘦如柴的尸体,他第一次感到,原来这个世界除了自己,还有让他如此在意的第二个生命。他心里满是悲伤与失落。他对着毫无知觉的老乞丐大喊,你怎么能就这样简单地死了呢,你不是还要成为一个大"家",不是还要名扬四海吗?老乞丐无法回答乐子这些问题,他静静躺在冰冷的地板上,脸上凝固着满足的笑意。他就这样进入了自己梦想的国度,也许在那里他真的是一个企业家或者别的什么"家",也许在那里他真的能住着好房子,并在大门上理直气壮地写下"此地禁止倒垃圾",在那里,他无论如何也不会和"老乞丐""垃圾"等词语联系在一起。

老乞丐的死是一个意外。那天他在属于自己的房子里开了一个属于乞丐们的宴会,请了许多乞丐界的精英。这是一场属于乞丐的狂欢。

那夜的老乞丐非常高兴,他不住喝酒。众乞丐用不太干净的词汇对他阿谀奉承,他忘乎所以地眯着眼睛,以至于忘记了自己是不能喝太多酒的。就这样,在众乞丐羡慕的目光和酒精的刺激下，老乞丐沉沉睡去，并永远不再醒来。

老乞丐的死显得仓皇而离奇，因此，媒体给予了充分的关注，乐子悲伤之余为老乞丐感到高兴，想不到他死了还能再火一把。

他反复抚摸着老乞丐用来乞讨的破碗，脑海中过电影一样浮现出老乞丐的音容笑貌，同时也浮现出一个巨大的疑问，难道老乞丐真的天生没有富贵命吗，为什么刚刚过上好日子就一去不回呢？

流浪狗万财则不停地吃老乞丐给它买的东西，仿佛只有这样，才能消除它对老乞丐的思念。

2.7

这一人一狗就这样消沉地过了很长一段时间，直到有一天，一瘸一拐的乐子在大街上遇见那个大导演。

大导演自称大导演，他让乐子叫他胡导。他对着乐子非常激动地说，我看过关于你的报道，你非常适合演我的这个角色，这是一个关于残疾少年的励志故事。胡导说到这里，看了一眼乐子惯性颤抖的坏腿，继续说，所以，乐子兄弟，你非常适合我们这部电影。

乐子听得一愣一愣的，拍电影这种事情离自己太过遥远，他还没敢想过呢！乐子当即就爽快答应了。他没想到自己还能拍电影，并且是拍大导演的电影，虽然他不知道此大导演到底有多大，但只看他健硕的体型，就可以断定绝非平庸之辈。

胡导见自己还没说出片酬，乐子就已经答应了，不禁心花怒放，好，就这么定了，我们明天就开始工作。

乐子正准备回答，万财在他的脚下又跳又叫，他想起老乞丐的遗言：我死之后，你一定要和万财相依为命，祸福相依。于是乐子问导演，能安排我的狗也上上镜头吗？

胡导大叫，当然了，我们这部戏，你和狗是缺一不可的呀！

乐子大惊，咱们这是部什么戏？

《瘸腿少年和他的狗》。胡导说,所以说,你和狗缺一不可,包括你的瘸腿,一定像这样,是真的瘸才行。

乐子听这名字有点耳熟,想了很久也没想到哪里听过。

胡导继续展望他们的美好前景,从明天开始,我要对你采取一系列包装,让你先成为大众的焦点,我们的电影就顺其自然会大卖,而你,将成为最耀眼的明星。

乐子和胡导一样激动,他第一次感到自信在心里膨胀,也感觉到了老乞丐在临死前的状态,因为,他在不住地喝酒。

胡导办事果然迅速,第二天乐子的照片就登上了各大报纸,伴随着照片的是诱人的大标题,什么《三级片导演胡半裸转拍情感励志大剧〈瘸腿少年和他的狗〉》《残疾少年乞丐和他的狗将参演胡半裸最新力作〈瘸腿少年和他的狗〉》《胡半裸第一部没有女人的戏〈瘸腿少年和他的狗〉》,总之,因为没有内容可报道,每家报纸的标题与乐子的照片都排满整整一版。

乐子果然因此备受瞩目,每当他和万财从街上走过,身后总跟着一堆议论——

快看快看,这不是那个残疾的要饭的吗?

哦,那就是他的狗,毛都秃了。

你看他,都要拍电影了,还穿那么旧的衣服。

和那个导演能拍出什么好东西呀。

他该洗洗头了。

狗也该洗洗了。

……

2.8

　　胡导的影片进入了紧张的拍摄中，没有半点经验的乐子在拍摄过程中竟没有感觉到一丝困难,众人纷纷夸奖他聪慧过人。只有乐子心里清楚，之所以如此顺利，是因为剧本太过简单。剧本奉行了胡导三级片的一贯作风，情节单一且不切实际，里面讲的是由乐子扮演的残疾少年段翅带着他的狗为了世界和平而不懈努力的故事，乐子要做的很简单，他只要带着万财不停地捉老鼠即可。乐子就这样带着万财孜孜不倦地捉了半个月老鼠，胡大导演这部被渲染得找不到本色的电影就顺利杀青了。影片上映时，各大影院纷纷爆满，大家都想知道，三级片导演胡半裸拍没有女人的戏会是什么样子。

　　结果自然可想而知，电影院骂声一片。纵然如此，《瘸腿少年和他的狗》仍然大卖，票房一路飙升，只是看过的人都大呼上当。直到最后人们都不再对胡半裸和乐子感兴趣，《瘸腿少年和他的狗》的票房才冷清下来。

　　而随着一份报纸的问世，《瘸腿少年和他的狗》又一次吸引了人们的注意，成为各大电影节的座上宾。报纸上依然登着乐子的照片，只是照片和标题都和往常截然不同，鲜红的标题写着《残疾少年乞丐因拍完〈瘸腿少年和他的狗〉了却一生夙愿，于昨日跳崖自尽》，在大标题旁附着乐子血肉模糊的照片。

此消息一经刊出，立即引起了轩然大波，人们纷纷以各种方式挖掘乐子跳崖的原因。电视上各大谈话节目纷纷以此为题展开讨论，网络上、报纸上、杂志上众说纷纭。一时间《瘸腿少年和他的狗》水涨船高，一票难求。人们无不想看看，胡半裸到底拍出了什么内涵，让一个连沿街乞讨都不在乎的小孩子妄自轻生。

毫发无损的乐子一脸茫然地看着人们兴致勃勃谈论自己的死亡，百思不得其解。他想告诉人们他还活着，可没有人相信，以至于他自己都怀疑自己是不是还尚在人世。

我还活着吗？乐子问胡半裸。

哦No！你已经死了。胡半裸一脸认真地说，在人们的记忆里，或者说在人们的印象里，你演了一部出色的电影后就已经自杀了。所以，你必须得消失。

消失？

对！你，连同你的名字，都必须在这个世界消失，永远都不能再出现。

我的名字？不行！乐子大声说，我的名字是我妈唯一留给我的东西，她希望我快乐，我不能丢了我的名字。

希望你快乐？那你可以叫别的啊，喜子？兴子？欢子？你想叫什么都可以，只要你别叫乐子，你消失，这，就是你的。胡半裸把一个鼓囊囊的信封推到乐子面前。

乐子拿起信封，因为手太小，无法一下数清。

一万块。胡半裸说道，只要你听我的话，这些都是你的。

一万！乐子从没有一下见到过这么多钱，在那一刻，这沓钱发出的混沌的味道和晦暗的光俘获了乐子不是很坚定的心。他毅然决定，为了钱，就死一次吧。

于是，在那个漫天飞舞着蚊子的夏天，乐子带着一万块钱和他的狗消失在茫茫人海里。在那些日子里，他昼伏夜出，有时候他会偶然听到关于他死亡的争辩，但这些都不是他关心的，可能也不是那些为此争论的人所关心的。这或许已经成为一个传说，连同胡半裸和那部备受争议的电影，在漫长幽暗的岁月里慢慢糜烂，发酵，直到一切都失去了原来的样子。

乐子开始带着万财出入各个酒吧。虽然酒吧不允许狗进入。

但乐子说，我有钱。

有了钱而又不甘寂寞的乐子很快喜欢上了酒吧，在那光线迷离的地方，他享受着钱带给他的高贵随意的感受。只有把自己泡在刺耳的音乐和醉人的酒精中，他才不会胡思乱想，他才不会把自己当作乐子。

　　就这样浑浑噩噩的不知过了多久，乐子才猛然惊醒，让他惊醒的原因只有一个：钱，花完了！

三　我死之后

3.1

这是他最后一次到酒吧,花完了今天的钱,就再也不能到这种地方来了。因为钱不多了,他挑了一家收费最便宜的酒吧,没想到就是在这家酒吧,他的人生又一次发生转变。

那夜,他在这家叫"破烂市场"的酒吧遇见了一个叫"蜕变成人"的摇滚乐队。

破烂市场里没有破烂,却又真的很破很烂,乐子坐在有点油污的吧台上独自喝着酒。

这里似乎在举行什么活动,舞池里的人们疯狂摇着身体,一帮长发飞舞的家伙在上面唱着一些不知所云的歌曲。

什么玩意儿,乐子嘟囔了一声。

什么玩意儿!震耳的音响重复着乐子的不满。乐子大惊失色,这才发现原来手边有一个麦克风。谁他妈把麦克放这儿了,他在心中暗自咒骂。

什么玩意儿？那面目凶残的三男一女朝乐子走过来。乐子暗自叫苦，他甚至能看见四人腰间闪着寒光的凶器。

什么玩意儿！不等乐子开口解释，其中的一个大汉死死抓住他的手，用一种终遇知音的语气对乐子说，兄弟好眼识，这他妈算什么玩意儿，我们自己都感到恶心。我们多想唱属于自己的歌啊，这酒吧俗不可耐的老板非要我们冒充这个出名的乐队唱他们的破歌，我们心里苦啊……

乐子暗自庆幸他们没有动用武力，他一脸茫然地看着这帮家伙唾液纷飞地说着什么，不住地点头，虽然他真的不明白他们在说些什么。

兄弟，你尊姓大名？大汉终于降低了深刻的语言层次。

乐子，啊……不，喜子。茫茫词山语海中，乐子终于听懂了一句。

哦，喜子兄弟，你好。我们是蜕变成人。大汉的话依然表达得含糊不清。

蜕变成人？乐子立即联想到这帮家伙以前是不是什么带壳的物种。

乐子与"蜕变成人"就此成了好朋友，他每天到酒吧里听他们唱属于他们自己的歌，虽然他仍然听不懂，他只是眯着眼睛静静听着,这样他的酒水就可以免单。他知道,这些都是蜕变成人为他做的,他们已经把他当成了自己的知音。所以,乐子不得不在他们一曲唱尽后故作高深地说很好很好。

蜕变成人越来越离不开乐子了,他们认为,只有乐子才能听懂他们的音乐,所以,经过深入讨论之后,他们一致决定,邀请乐子加入蜕变成人。

听到这句话时乐子吓了一跳,但为了能继续有饭吃有酒喝,只得暂且答应下来。乐子装作很激动的样子说,好啊,好啊,我可喜欢摇滚了。

此后,乐子就跟着他们到处做廉价的表演。他们在别人给的舞台上唱着自己的歌,虽然报酬低微,但仍乐此不疲。他们渴望让更多的人听他们唱歌,所以他们不停地唱着,正如他们五人中唯一的女性知了所说:要想让人把你的话当人话,就得不停地说话。

3.2

蜕变成人是一个不入流的乐队,之所以那么多年还没有入流,是因为他们只唱自己创作的歌曲,而他们自己创作的歌曲又实在让人不敢恭维。

知了是蜕变成人中唯一的一个女人,她有点胖,但那让她更性感。她喜欢穿一身黑,眼圈也画成黑的,那让她气质更独特。可以这么说,知了是个尤物,无论在什么地方都是倾倒众生的主。所以人们都在说,之所以有那么多酒吧请蜕变成人表演,都是因为他们有知了。这让奉音乐至上的队长小虫深受打击,他毅然决定,此后的表演不再让知了登台了。

今天是蜕变成人第一次没有知了的表演,他们的工作做了一番调整,给乐子分了一个最好糊弄的差事——鼓手。饶是如此,对音乐一窍不通的乐子仍然无法胜任,他敲了几下鼓,对小虫说,是不是有点乱?

小虫说,没事,咱们今天要唱的这首就叫《乱》。

于是,在杂乱的鼓点中,蜕变成人唱起了这首真的很乱的《乱》——

  当一组平行线在空中某个地方交叉

哈利·波特会遇见哪吒
当清洁工的扫帚扫动了天边的云霞
你会跟着他回家
跟他回家

你的内裤纠缠着他袜子的味道
鬼才相信是他踹了你一脚
如同你喝着从火星带来的减肥茶
和我说着这里和那里的时差

我不想听你的谎话
我要把你变成哑巴
……

　　小虫陶醉在自己的歌声里，浑然忘我。乐子没敢打断他，他不忍告诉小虫，因为没有知了，台下的观众早已离开。

3.3

没有知了,蜕变成人的日子越来越难过,可小虫却无论如何也不允许知了参与演出,这最终导致了再也没有酒吧请他们表演。

没处唱歌的蜕变成员们萎靡不振,他们无法正视现实,终日借酒浇愁,在实在忍无可忍的情况下,他们会唱歌给乐子听。他们认为,只有乐子才能听懂他们的音乐,才知道他们想要表达什么。

金属交错的缝隙中,乐子眯着眼睛,饱受摧残。

有一天,小虫又一次兴高采烈地出现在众人面前,他对着酒气熏天的众人喊道,快起来,咱们到音乐节去。

众人闻听此言,像吃了兴奋剂一样欢欣鼓舞,终于熬到头了,终于可以唱歌了,并且还是到音乐节。他们迅速穿戴整齐,整装待发,只有知了仍闷闷地坐在地上,没有动。

快点知了,快动起来啊。小虫不耐烦地说。

我……也可以去吗?知了不相信自己的耳朵。

你不去干吗,穿利索点。

四人满心欢喜跟着小虫来到现场,却惊奇地发现,舞台还没有搭好!

老大，我们是不是来早了，你看，舞台还没有搭好呢。

舞台搭好了，还要我们干吗，小虫瓮声瓮气地说，我们就是来搭舞台的，你们好好干，工钱很多的。

众人眩晕。

历时五天，舞台终于搭好了，在那个阴冷的夜晚，音乐节的众明星登台献唱。蜕变成人站在漆黑的角落里，静静看着，他们没有像往常一样说"什么玩意儿"。他们只是静静地站在那里，听每一个他们曾经讨厌的歌手唱歌。直到演唱会结束，众星撤离，他们才霍然惊觉，该干活儿了。

他们今夜要做的是把历时五天所搭造的舞台拆掉。蜕变众人站在自己所搭造的高大舞台上，他们从没有在这么大的舞台上表演过，他们望着脚下已经空无一人的会场，情不自禁唱了起来。

这一唱，惊动了在埋头拆台子的众民工，他们停下手中的活，饶有兴趣看着他们。也惊动了包工头，他见没有人干活，冲着舞台大骂，你们在这儿瞎唱啥，快给我干活去。

乐子看着一片狼藉的会场，别有一番感慨。都说台上一分钟，台下十年功，果然不假，搭造了整整五天的台子，只为了用这两个小时。现在，还要连夜拆掉。

天空中不知何时下起小雨，为了工钱，蜕变成人和民工们在冰冷的雨中艰难地挪动着身体，来来回回地搬运钢铁材质的支架。

　　蜕变成人不再唱歌了，他们卖掉了所有的乐器，所有和音乐有关的东西。知了说，卖不掉的是他们对音乐的热爱。小虫骂道，他妈的，音乐就是出来卖的，谁会真心爱这东西。
　　其他人随声附和。只有乐子没有说话，他不止一次看见，在众人沉沉睡去的时候，小虫独自翻动着那些卖不出去的乐谱。
　　小虫满目酸楚地说，也许这就是热爱的代价吧。
　　"而我热爱什么呢？"乐子不由得问自己。和继母一起生活时，没日没夜地干活，只求得到能填饱肚子的馒头；和艺术家在一起时，看到艺术创作的价值，希望成为一个自己都弄不明白是干什么的艺术家；和老乞丐一起时，摒弃尊严沿街乞讨，只是为了得到能买到馒头的钞票；和胡半裸一起时，希望成为名利双收的影星……这一切的一切归根结底都是为了生存。乐子感觉自己一直都走在生命的边缘，稍不留心就会落下悬崖，粉身碎骨。在路途险恶的求生之路上，他无暇思考自己能热爱什么，他只是随波逐流。一切都是为了活着，没有喜不喜欢，更谈不上热爱，如果非要说热爱什么，那恐怕只有简单的两个字：生命。

难道就这样为了活着而活着吗？乐子想不明白。小虫却说得简单，活着，就他妈图个乐子！

乐子和小虫、知了在酒吧里不住地喝酒，知了醉眼迷离地看着那些浓妆艳抹的女人，恨恨地说，身材那么难看，还露那么多，老娘还穿着牛仔裤呢。从某个时期起，小虫就对她严格要求——上不能露胳膊，下不能露膝盖。

小虫白了她一眼，你管别人干吗，按我说的穿就行了。

乐子不想听两人为了怎么穿衣服争论不休，他到酒吧门前坐了下来。自从思考过"活着是为了什么"这个深刻问题之后，乐子就喜欢上了安静，他把越来越多的时间用在寂静的沉思中。他习惯了用无边的遐想填充空洞的心。

乐子就这样静静坐在马路牙子上，望着无边的黑夜，想东想西，想不出个所以然，终至昏昏欲睡。就在这时，一句本不该听到的话飘进他的耳中。

姐姐，咱们再去找找乐子吧！

谁……乐子霍然惊醒，谁找我？

两个妖艳的女人看着眼前这个自告奋勇的男孩，一阵娇笑，你？也太小了吧！

既然他自愿请缨，我们就留下他吧，也换换口味。

那好，就依妹妹，小宝贝，我们走吧。女人向乐子伸出了手。

嗯……走……乐子醉眼迷离地跟她们上了一辆豪华轿车。

四 女人

4.1

乐子在一个大床上醒来,他从没有睡过这么舒服的床,又大又软又宽,怎么都不会滚下去。他恍然记得昨晚是三个人在这床上睡,没有一个人掉下床去,他们在一起翻来滚去,可就是掉不下去。他很疑惑那两个女人在他身上究竟做了什么,整个过程很奇妙,那是一件从没做过的事,比吃馒头的感觉还要充实。她们管这叫"找乐子",乐子不解这和自己的名字有什么关系。

小宝贝,你醒了?乐子眼前出现一张惊若天人的脸。

燕子。乐子脱口而出,在他的记忆里,只有燕子才能与这张脸媲美,或许燕子的脸还要比这张逊色不少,但乐子脑海中只储存了燕子这么一个美女的形象,在遇见另一个美女时,只能以燕子相称。当然,另一重原因是乐子喜欢燕子。

燕子？我不是燕子，我是金子。美女有点不高兴了。

你是燕子。明知道不是，乐子依旧沉浸在自己的幻想里，他想象着昨晚是燕子，他想象着自己日后可以骄傲地对那些曾打过燕子主意的同学说，燕子，已经是我的了。

金子有点生气，她开始怀疑眼前这孩子是不是脑子有点问题，她又说了一遍，我是金子。

乐子终于在幻想中满足了虚荣心，他连连点头，是，你是金子，我知道，但我喜欢叫你燕子。

金子无奈地耸耸肩说，无所谓了，你喜欢怎么叫都行，你该告诉我你叫什么了吧。

我叫乐子。

乐子。金子想起昨晚，似有所悟地点点头。

这就是他们在床前的相识，从此，乐子就跟了金子。

4.2

　　金子的确有很多金子,她拥有一栋比艺术家的别墅还要豪华的别墅,一头比艺术家的头发还要长的头发。这不禁动摇了乐子要做艺术家的决心。但有一点乐子决定要贯彻到底,那就是留一头比他们都要长的头发。

　　乐子一直很好奇金子的钱从哪儿来的,她既不像艺术家那样没日没夜画鸡蛋,又不像大牛到处坑蒙拐骗,只是每个礼拜出去三天,其余时间全都和乐子待在一起。她和乐子一起逛商场,下饭店,旅游,购物,飙车,找乐子。她让乐子触摸到另一种生活。虽然乐子每次走进那些大酒楼时潜意识里都在往外退,虽然每次走过他曾和老乞丐跪地乞讨的商场时前腿总会不自觉发软,但还是慢慢适应了这种生活,见了乞丐再也没有以往那种悲伤,虽然他给他们更多的钱。在纸醉金迷的生活中,他不再是那个有馒头就满足的孩子。他也像蜕变成人一样,有了自己的追求。虽然他仍然不知道自己在追求什么,他只是见什么就要什么。坐在金子的宝马车上,他说,这是我的宝马;坐在金子的别墅屋顶上,他说,这是我的别墅;坐在金子的身上,他说,这是我的金子。

　　在金子的宠溺下,乐子享受着拥有的快乐,虽然他并不确定自己拥有什么。

4.3

乐子雇了两个民工，把他们简单拾掇一下后，来到了破烂市场。

我要听蜕变成人唱歌。乐子敲着桌子喊道。

破烂市场的保卫把三人围住，但看三人西装革履，嘴刁雪茄，大半夜都戴着墨镜，不似常人，都没敢动手。

酒吧经理闻讯而来，由于摸不清对方路数，他试探道：这位老板有所不知，我们已经不用蜕变了。

乐子一边拉着两个民工，不让他们抖得太厉害，一边说，我当然知道，但我就是想在这儿听他们唱。

乐子把一沓钞票扔在桌上。

经理见乐子出手阔绰，更加认定此人来头不小，连忙令人去请蜕变成人，心想既然有人出钱，请那个垃圾乐队不是很容易吗，可没想到蜕变众人已经对音乐彻底失望，发誓永不唱歌，无论如何也不愿过来。乐子一直认为蜕变不再唱歌，是因为没有人肯请他们，没想到他们真的伤透了心，不再弹奏哪怕一个音符了。

乐子脑中浮现出小虫抚摸乐谱时痛苦的依恋神情，没由来一阵大怒——据说有钱之后人会越来越有脾气，此话果然有理，乐子现在的性格也越发饱满起来，一向只会逆来顺受的他竟也学会了发怒——他抓着一个板凳扔向舞池，大叫着，砸！给我砸！都是你们这帮孙子害得蜕变不能唱歌的！都是你们！砸烂你们！乐子带来的民工哆里哆嗦跟着他砸起来。经理见乐子真的动了手，立即让保卫上前阻拦，那两个本来就心虚的民工此刻见保卫黑压压围上来，吓得扔下乐子，夺门而去。

众保卫见乐子的手下都弃主而去，觉得此人不过尔尔，当下将乐子团团围住，拳脚相加。

正当乐子被打得难辨东西的时候，门外突然响起一声大喝，住手！

乐子抬眼望去，像遇见救星一样欢欣鼓舞，他看见蜕变成人破门而入。没想到小虫等人不但唱歌让人闻之色变，身手更是了得，转眼之间，众保卫已经被打得东倒西歪，溃不成军。

经理见如此下去蜕变可能要拆了他的破烂市场，连忙打电话报了警。

金子是在第二天来拘留所保释乐子的，她像一个慈祥的母亲一样，爱怜地抚摸着乐子脑袋上的伤，嗔怪道，你怎么能在外面闹事呢。

看着金子满目的怜爱，乐子第一次感受到被爱的滋味。他像个撒娇的孩子一样腻在金子怀里，不答话。

金子将乐子塞进车子,发动了汽车。这时乐子才霍然惊觉,我的朋友还在里面呢,你把他们也弄出来吧。

可是,小宝贝,我只爱你一个人,我不想在不相干的人身上浪费时间。

可是,他们是我的好朋友,很好的朋友。乐子执意道。

金子沉默了一会儿,她从后视镜中看了看乐子,终于还是妥协了,好吧。她掉转车头,疾驰而去。

乐子马上笑逐颜开,谢谢姐姐。

你应该谢谢我突然萌发的爱。金子没有说出来,她突然发现,自己对这个少年产生了性爱以外的爱,这是自己委身于钱财之后第一次产生的感情。在这个比自己整整小十岁的少年身上,对于这个和自己消失的弟弟一样大的少年,她自己都不清楚对他付出的是怎样一种爱,那是母爱与亲情以及爱情交融的产物,圣洁而自私,温暖着她早已被金钱侵蚀的心。

她就这样与乐子沉浸在爱与被爱的奇妙感觉里,忘了一切。她把越来越多的时间花在乐子身上,以至于忘了每个星期应该出去的三天。她每天清晨把乐子从温暖的被窝里叫醒,给他做早饭,陪他做锻炼,看着乐子孩童般的笑,她仿佛又看见了自己的弟弟。她带乐子到海边度假,给乐子买一条泳裤就一千多块,乐子吓了一跳,姐,这是不是太贵了。

不贵不贵，小如，你不是一直要姐姐给你买吗？金子突然又想起那年夏天弟弟哭着向她要泳裤的情景。

小如？小如是谁？

这是乐子一生中最快乐的日子，而这些日子里的快乐，都是这个不明身份的女人给的。在她拍着乐子屁股叫起床的时候，乐子会把她当作自己从未谋面的母亲；在她给自己端茶倒水的时候，乐子会把她想象成从未有过的姐姐；在她与自己水乳交融的时候，乐子会把她当成一直念念不忘的燕子。乐子就这样在这个有着多重身份的女人的关爱下诚惶诚恐地生活，他日日提心吊胆，担心会失去这一切。这一切来得太过突然，所以担心它会走得毫无征兆

你为什么对我那么好？乐子终于忍不住问道。

因为我爱你。

爱是什么？乐子孩子般刨根问底。

金子的眼角有点湿润，她说，我也不知道，大概是因为挂念吧。

那什么是挂念？乐子拉着金子的衣角，纠缠不休，挂念是什么？你说呀。

金子的眼泪终于背叛了眼眶，决堤而出，是小如。

小如？

每个人心里都深深藏着一个人,你的心里可能是燕子,我的心里,是小如。

小如是谁?

我的弟弟,有着和你一样漂亮的脸,一样天真的心……金子陷入了回忆。

那他现在在哪儿呢?乐子有一丝妒忌。

现在?我为了……他现在……金子泣不成声。

乐子慌了,他没有见过一个离自己那么近的人哭得那么厉害。他只能抱着她,在她脸上不住地亲。金子擦干眼泪,把乐子拥入怀里,喃喃道,我爱你,因为小如,也因为你,你值得拥有爱。

乐子不再问了,有人爱他就足够了,不管是为了什么。从生母在他七个月大时撒手人寰,他就仿佛已被宣判无爱。在继母的冷眼打骂中,他从没奢求过爱,他只是单纯地想要活着。他为了生活忍受一切,早就习惯了无爱的冰冷,而如今,一个毫不相干的女人给了自己从不敢奢想的一切,自己又还要奢求什么呢?他在黑暗中紧紧抱着金子,生怕一不小心金子会像自己从未谋面的母亲那样消失不见。

他们抱着,紧紧地,在极乐到来的时候,乐子嘶哑着嗓子说,你是我的金子,我一个人的金子。

黑暗中他看不见金子的眼睛,所以他不知道金子到底属于谁。

可能连金子都不知道自己属于谁吧,是属于这栋别墅,还是这别墅的主人?

像夜里的雨一样,该来的还是来了。

4.4

段九带着人破门而入的时候,乐子和金子正在吃饭。看到段九,金子娇美的脸立即变了颜色,她嗫嚅道,九哥……

年过花甲的段九由人搀扶着坐在金子身边。他把金子拥入怀里,指着乐子问道,宝贝儿,告诉我,这是谁?

哦,这是我的男佣。金子怯怯地回答。

男佣?你和男佣一起吃饭。段九站起身,端着乐子的下巴看了看,这么小的男佣,你也用?

乐子挣脱段九的手,问道,你是谁?

我是这儿的主人,你女主人的主人。段九转身又揽过金子。看着段九枯瘦的手在金子身上游移,乐子很不舒服,他冲上去要推开段九,被两个大汉按在地上。

段九对金子说,你在忙些什么,怎么那么多天都没来看我一次?

金子不语。

难道就只是和你的小男佣吃饭吗?段九指着乐子,对左右说,动手。

两个大汉的拳头雨点般落在乐子身上。

不要,不要打了!金子苦苦哀求。

不要打了？段九说道，你为什么总是不听我的话呢，好，我成全你。放了他。

乐子被重重扔在了地上。

段九放开金子，说，我给你选择的权利，在我们两人中你选一个。你要是跟了我，以前的事我既往不咎，这里的一切都还是你的。你若是选择了他，我也会放你们走，只是……

段九摸了摸金子颈上的项链和她丝质的睡袍，只是我给你的这些东西，我会统统拿走，一样都不会留。

说完把金子推到两人中间，你选吧。

金子站在段九和乐子当中，像个迷路的孩子一样茫然无措，不知道哪一条才是回家的路，又感觉两旁都是长满迷人花草的山谷，不知该往哪走。她看着天真无邪的乐子，像使人心旷神怡、愈合伤口的芍药，让人留恋；她看看腰缠万贯的段九，像令人着魔、无法抗拒的罂粟，充满诱惑。无奈金子在罂粟丛中的日子太久了，难免上瘾。她无法从万花筒般的富贵生活中抽身而出，最终还是不顾乐子对爱的呼唤，走向段九。

把胜利的果实拥入怀中，段九放肆地大笑，他一定爱极了这感觉，他喜欢别人臣服于他的时刻，不管是臣服于他的钱还是权，他都一样高兴，这钱和权都是他的，他就是钱和权的化身。

段九拥着金子对乐子说，孩子，她选择的是我，所以，你必须离开这里，并且永远不能回来。

看着乐子被人从身边硬生生拉走，金子无法阻止，就像小如的离开一样，她因为被荣华所累，不敢说不。

乐子被那两个大汉扔了出去，他重重落在地上的时候没有感觉到疼痛，只是觉得被人从幸福中抛弃了，而抛弃自己的那个人，就是那个给自己幸福的人。

乐子重新回到空旷的大街上，伤心到了极点。他清楚地知道，当他被人从那座华丽的庄园中扔出来的时候，他又一次变得一无所有——房子、车子、金子，还有那份偶然邂逅的爱，都不再属于他，或者说从不曾属于他。他现在剩下的只有一段美好回忆和身上那条价值一千元的内裤。除此之外，一无所有。

4.5

他回到老乞丐租住的房子里，满目荒凉，万财因为长时间没有人喂，已经饿死在屋里。屋子里所有能啃得动的东西都被啃得面目全非。看着死得如此凄惨的万财，乐子不由得咒骂自己，在自己纵情享乐的时候，竟然忘了曾同甘共苦的万财。

老乞丐死后再也没有乞丐前来拜访，老乞丐所创造的乞讨神话也渐渐被揭去了神秘的面纱，人们看到拉着残疾儿童乞讨的乞丐再也不会感到稀奇，大家的同情心再一次被众多"需要被同情者"所耗尽。

乐子偷偷把万财的尸体埋在了老乞丐的墓前，他一直对老乞丐墓碑上的字样不甚赞同——乞业家之墓。无奈老乞丐只说过他这一个名字，现在乐子总算体会到老乞丐的心境："乞业家"，也算是对梦想与希望的一种乞求吧。

抚摸着掩埋了老乞丐与万财的坟墓，乐子哭出声来，这是他第一次为别人哭泣。

他忍不住想，金子是否真的爱过我呢？

老乞丐租的房子不能住了，房租也快到期了。乐子怕房东让他赔被万财咬破的家具，连夜溜之大吉。

乐子在街上漫无目的地游逛，举目无亲的他不知该何去何从。在离家出走的这一年时间,他经历了太多光怪陆离的人和事。在生与死的夹缝中活了下来,他不知道自己还能活多久,要怎样活。

夜色侵蚀了整条街,乐子因为一直都在想金子和她做的烧鸡,所以显得更加饥饿。他觉得有必要停下来以节省体力,于是就地蹲在了一个漆黑的角落,窥视着街上的路人。他突然觉得自己和老乞丐以及万财以前是多么愚蠢,其实住在这个街角比住在那个空气不畅的垃圾站要好多了。这里不仅宽敞舒畅,还可以看到街上的夜景——包括那些女人如金子一样的腿与她们手中那些诱人的食物。看到这些,乐子暗自感慨,这真是一条欲望之街。

在欲望之街,乐子看到了两个充满欲望的家伙干的蠢事。

乐子最先注意的不是这两个家伙,是他们前面那个窈窕的身影。在昏黄的路灯下,那个女孩柔弱可人、惹人犯罪的身体错落有致地向前移动着,让人浮想联翩,以至于乐子脑海中刚刚被烧鸡占领的位置又被金子攻陷。百无聊赖的乐子目送着这个身材火辣的女孩渐行渐远,就在这时,他看到了只有电视剧里才会出现的情节,两个愚蠢的家伙对这个女孩干了一些类似性骚扰之类的事情,结果却令人心生疑惑。

小妞,陪哥哥玩玩。两人拦住女孩的去路。

女孩没有一丝惊慌,却始终死死低着头,很害羞的样子。

两个家伙以为此女容易上手,笑得更加肆无忌惮,他们把手放在女孩肩头,兴奋地说,同意了,好!咱们走吧。

我同意了,你们呢?女孩终于说话了,言语中透着彻骨的冷。

我们当然乐意了,抬起脸让哥瞧瞧。

你们真同意了?

真同意了。

背对着乐子的女孩缓缓抬起头,她对着那两个人说,那咱们就走吧。

鬼啊!两人看到女孩的脸之后像见鬼一样大叫着跑开。

鬼?乐子好奇心大作,他见女孩吓跑两个人之后趴在地上哭泣,更加好奇。心想什么鬼还如此多愁善感,吓了人还趴那儿哭。好奇心驱使乐子朝那个不知是人是鬼的女孩走去,他走到女孩身边,问了一个十分愚蠢的问题,你到底是人是鬼?

女孩依旧没有抬头,她说,我是鬼,你快走吧,别吓着你了。

乐子突然开窍,他摸了摸女孩温热的手说,你不是鬼,你有温度。

听了乐子的话,女孩带着一丝嘲弄的语气说,谁告诉你鬼没有温度了?

乐子一时无语。

女孩不耐烦地说,你快走,再赖着不走,我吓着你活该。

乐子不敢说他只是想看看女孩的脸为什么有那么大的威力,能吓退歹徒。他装作很纯真的样子,我不怕鬼,也不会怕你,再说,你也不是鬼,你也不可怕。只有做贼心虚的人才怕。

这句话果然合女孩的胃口,她没有像刚刚那样赶乐子走,她跟乐子说了实话,是!我不是鬼,可我真的很吓人,比鬼都吓人,因为我的脸……

没关系,其实我长得也很难看,我天天看自己都不害怕,又怎么会怕你呢?乐子打着哈哈。

你真的不会害怕……我吗?

真的,我想和你成为朋友,两个不好看的人。乐子很得意,他认为自己也许又可以交到一个朋友,不管她长什么样子,只要她有能维持生命的东西——馒头,房子,钱。都行。

真的吗?你真的愿意和我做朋友吗?女孩语气里透着兴奋。也许她真的太孤单了,听到有人要和她交朋友,就很激动,尽管这个人尚未谋面。

那你可以抬起你的头了吗?乐子总是对期待中的东西充满期待。

你会害怕吗？

不会！

女孩在乐子充满期待的目光中抬起头，四目相对，乐子在女孩满是期待的目光中晕了过去。

五　流浪的归宿

5.1

乐子醒来时感觉自己是被人扔在了垃圾站,这里实在是太脏太乱了。

你醒了,我的朋友。随着清脆的声音,乐子视线中多出一张关切的脸。

你!没有思想准备的乐子再一次晕了过去。

不知过了多久,乐子再一次悠悠醒来。他小心翼翼地睁开眼睛,不由得大吃一惊。金子!眼前女子的美貌让他想起金子,同时他也感到奇怪,前两次那张令人心骇的脸怎么突然间变得美若天仙了。

这是哪儿?乐子不敢直接问那张脸的事。

这里是"流浪的归宿"。女孩淡淡地说。

流浪的归宿?乐子不禁暗自嘀咕,自作多情地想,这女孩说话还蛮有诗意，难道是她看上了自己，要让自己结束这流浪的生涯？想到这儿，乐子一阵窃喜，虽然此地他不甚喜欢，但这姑娘绝对可以当作此生的归宿。

女孩仿佛洞悉了乐子脸上的笑意，她一句话扼杀了乐子的美梦：不要多想，这个地方叫"流浪的归宿"。

哦。乐子有一丝梦醒后的苍凉，他终于想起了一个婉转的问关于那张脸的方法，谁把我弄到这儿的？

女孩冰冷的脸有一丝即将解冻的样子，是我的妹妹。

你的妹妹？乐子梦想彻底落空——看来那张骇人听闻的脸确确实实存在着。

她人呢？我很想见她。乐子不得不虚伪地说。

你见了她不会再晕倒了？女孩露出一丝鄙夷的神情。

哪能啊，我晕倒是因为我饿的。乐子自以为撒了一个很善良的谎。

真的不会？

不会！乐子连忙调整心态，准备迎接那张已经吓晕他两次的脸。

叶子，出来吧，他说他不是因为怕你。

那个窈窕的身影应声而出，她缓缓走到乐子面前，充满幽怨地看过来，你不是说不怕我吗？

乐子看着这张严重烧伤的脸,表层的皮已经腐蚀,露出暗红的肉,只有一双水汪汪的大眼睛滴溜溜地看着他。强忍着再次晕过去的冲动,乐子加大力度重复着刚刚的谎言:我是不怕你呀,我是饿晕的。我很喜欢你的胆智,我想和你成为朋友。

女孩很激动,她拉着乐子的手说,你真的愿意做我的朋友吗?

真的。

女孩兴奋地做自我介绍,太好了,我叫叶子,这是我的姐姐种子。你叫什么?

我叫乐子。

乐子在流浪的归宿住了下来。经过很长一段时间,乐子才真正弄清楚这是一个怎样的地方,原来所谓流浪的归宿,就是一个聚集了很多流浪儿的废弃工厂。

乐子觉得可以用下面这个排比句来阐述这里的情况——

这是一个被人遗忘的地方,这是一个被荒草吞没的地方,这是一个弱者云集的地方,这又是一个强者横行的地方,这还是一个没有法则、没有光明的地方,这又是一个充满希望,有着无限未来的地方。

而乐子,就要在这个地方开始他的新生活了。

5.2

这个地方之所以叫流浪的归宿，是因为这里新崛起一个强者——那个满脸横肉、缺了两根手指头（分别是左手大拇指和右手中指）的家伙，名字叫刘浪。在此之前这里一直叫大牛的归宿，后来那位大牛因为觉得在这里没有前途，脑袋开窍，带着一伙人进城搞房地产，即给人盖房子，致使大牛的归宿一度无人称霸，直到刘浪出现，才重新终结了这些流浪儿的幸福生活。

当乐子看着刘浪的时候，他怎么也想不到，这里会在不远的以后改叫欢乐的归宿。

刘浪对乐子的到来很是欢迎，毕竟这里像乐子这么大年纪又这么健全的流浪者太少。他拿着一个本子让乐子签上名字，对乐子说，从此以后你就是流浪的归宿的人了，你可以安心住在这里，谁也不敢欺负你，只要你好好干活。

刘浪所指的干活因人而异，不能走动的残疾人会被安排一些较轻的手工活，能走动的智障儿就只有捡垃圾了，既能走动又不智障的人一般会跟着刘浪做一些小偷小摸的勾当。所有这些人劳动所得最终都会落在刘浪手中，刘浪唯一要做的，就是保持大家对他的恐惧。流浪的归宿只有一个规则，就是不接收没有劳动能力的人。那些即智障又不能走动的人是不受欢迎的。

乐子是种子和叶子两姐妹捡回来的，暂且和她们住在一起，虽然对此刘浪颇有微词，但他好像对种子姐妹颇为顾忌，也就没有横加阻挠。

乐子就这样在美与丑的极限中安定下来，同样，也在悲惨世界的竞赛中败下阵来。听完种子的讲述后，乐子不得不承认，她们的遭遇的确比自己要惨上百倍——

种子姐妹是一对双胞胎，她们本来生活在一个幸福的家庭里。虽然她们的妈妈常年卧病在床，爸爸因为风流倜傥，有点流连酒色，但好在家境殷实，这点小事也动摇不了这个幸福的四口之家。

直到有一天，妈妈发现爸爸在外面包养情人。这本也无可厚非，妈妈晓之以理，动之以情，希望爸爸能回心转意。不料爸爸色高人胆大，竟撇下母女三人，和情人逍遥而去。

妈妈天生懦弱，只能每天在家诵经念佛，苦等爸爸良心发现。所谓精诚所至，金石为开，终于有一天爸爸匆匆而归。心地善良的妈妈又怎么会想到，爸爸之所以会回来，完全是因为他玩腻了那个女人，又把钱挥霍至尽，惹了一屁股骚才不得不回来。妈妈更想不到的是，因为他不负责任的离开，那个伤心欲绝的女人竟尾随而至，实施了疯狂的报复。

就是在他们家楼下，那个疯女人把一瓶硫酸悉数洒向叶子。随着叶子的一声惨叫，她那张清纯亮丽的脸顷刻间面目全非。

妈妈在看到女儿的惨状之后，经受不住巨大的打击与惊吓，当场气绝身亡。

肇事的婊子也后悔不迭，当场服毒自杀。那瓶硫酸本来是要献给种子爸爸的，照婊子的说法，种子爸爸就是一张帅脸欺骗了她，她要毁掉这张脸为民除害，不料第一次泼硫酸难免手艺不精，心情紧张，又碍于叶子在前面拼命阻拦，婊子才一个拿不稳泼错了人。

伤心欲绝的叶子虽几度寻死未成，但仍放不下轻生的念头，毕竟对于一个花季少女来说，脸，跟命也差不多。

整容手术需要很多钱。她们一筹莫展。在叶子频繁的自杀中，种子毅然决定，卖掉房子。

她逼着父亲把房子卖掉，凑够了手术费。当叶子满怀希望被推进手术室准备迎接新生的时候，却又被推了出来。她和种子被告知，她们的父亲连同那些给叶子重塑生命用的钱，一起消失了。

仿佛是顷刻之间，她们没有了父母，没有了美貌，没有了家。叶子再也不能像以前那样自由走动了，她甚至不能见人。

人们看到她，或惊叫着跑开，或鄙夷地咒骂。她们无法忍受人们的白眼与嫌恶，为了仅有的一点尊严，逃离家乡，流落到了这个与世隔绝的地方。

种子动情的讲述仿佛让人又经历了一次痛彻心扉的往事。三人抱在一起失声痛哭，当不小心摸到她们身上某个隐秘的地方时，乐子没有像往常一样想起燕子或金子，他只是单纯地想，这伤痕累累的身体和心，竟然是可以越挫越勇的。

5.3

乐子就这样与种子姐妹勇敢地生活在一起。他们像一家人一样温馨甜蜜。虽然生活依然荆棘密布，虽然乐子仍对叶子的脸有一丝心悸，但他们彼此知道，是生活的苦难把他们连在一起，所以乐子很快在苦难中适应了新生活，包括叶子的脸。

叶子因为自己的脸，白天从不肯出门，所以不能给刘浪创造什么经济价值。不料刘浪对人事分配已经达到了炉火纯青的地步，给她安排了给大伙做饭的差事。这无形中也方便了叶子对乐子的关心，她做饭时，总是偷偷给乐子另起炉灶，做一些好吃的给乐子。这让乐子受宠若惊，他渐渐感到叶子对他的感情发生了变化，开始害怕这种奇妙的感情，小心翼翼地与叶子周旋，并尽可能和她保持距离。

因为，他怕叶子爱上他。

因为，他爱上了种子。

可是他发现，种子也在有意和他保持距离，并有意无意给他制造与叶子独处的机会。

因为，种子怕他爱上自己。

因为，种子爱叶子。

三人就这样小心翼翼地过着日子，看似平静的生活，因为潜在着这样一种成分不明的定时炸弹,不免让人觉得危机四伏。

5.4

这天是教师节，正是乐子离家出走一年整。

叶子说，我给你弄点好吃的，庆祝庆祝。

乐子不由得苦笑，有什么好庆祝的呢？一年前豪气干云，一年后萎靡不振，一无所有的人还是一无所有，颠沛流离的人仍旧居无定所，除了还活着，有什么值得庆祝的呢？

听了乐子颓靡的话，叶子很生气，她说，照你这么说，我也许早就该死了。你怎么就一无所有了，你不是还有我吗，你又怎么居无定所了，今后，这就是你的家。

乐子又问了一个很愚蠢的问题，你今后就打算把这里当家了？

不料叶子的回答更加愚蠢，只要和你在一起，无论到哪儿都是家。（作者注：由于情节需要，用了言情小说的桥段，还请各位看官不要太过反胃。）

乐子三人正在享用叶子做的大餐时，刘浪不合时宜地出现了。

他看着他们丰盛的餐桌，没有责备叶子私自动用公家食材开荤。乐子甚至可以从他猥琐的目光中看出来，他正在打种子的主意。

种子说，今天是乐子离家出走的纪念日，我们庆祝庆祝，你不会见怪吧。

刘浪满脸媚笑，他搂着乐子的肩说，不见怪，不见怪，乐子兄弟值得享用，我跟乐子兄弟关系多好，好得能穿一条裤子。

他前面的话不知是真是假，最后那句"好得能穿一条裤子"是确有此事。在乐子来的第二天，他就把乐子那条价值一千块的内裤据为己有。

叶子问刘浪，你有什么事吗？

刘浪见说了半天都没请自己坐下来一起吃，不免有些生气，没什么事我就不能来了吗？

乐子连忙献媚道，能来，当然能来了，你快坐下吃些吧。

刘浪总算找到了台阶，对乐子顿生好感。坐下后大谈栽培乐子的计划，他对乐子说，今后你就跟着我干吧，保你前途无量。

乐子大为感动，他问刘浪，不捡垃圾，我还能干什么呢？

刘浪大手一挥，像皇帝封钦差一样说道，当然是干大事了，咱们离市里不远，白天捡完垃圾，晚上还可以到市里发发财，碰上落单的有钱人就抢，看见黑灯的好房子就盗。还有，你好好学习扒窃，将来我手下的十二扒手必有你的一席之地。

刘浪一席话听得乐子心惊胆战，乐子哆里哆嗦地说，别——

我还是捡我的垃圾吧，你这活儿我干不了。

刘浪恨铁不成钢，干不了，干不了你就别想出人头地，不把矛头对准有钱人，你怎么成为有钱人。

可是，人家有钱是人家努力挣来的呀。

努力？他们是努力从咱们这儿挣的，没有我们这样的人每天努力捡垃圾，地球早完蛋了，他们再有钱有什么用，他们欠我们的……刘浪开始用他游说每个手下的说辞抨击有钱人，像背书一样激情澎湃地说了一下午，直到种子下了逐客令他才住口。他迫不及待想看看乐子是否被他苦口婆心的劝导打动，对乐子说，怎么样？还对那些有钱人抱有怜悯吗？

没有。

好。刘浪成就感油然而生。

可我发现他们对我们心存怜悯。乐子如实说道。

可恶！刘浪被彻底激怒了，他们什么时候怜悯过你，他们把喝空的易拉罐给你，是因为他们懒得去扔进垃圾箱，他们只会利用你。

乐子不语。

刘浪不顾种子厌恶的眼神，露出本性对乐子说，我不管你愿不愿意，从明天开始，你就跟着我。

5.5

乐子今天的任务是浇野菜。这种野菜是刘浪从外面弄来的，他说现在有钱人都喜欢吃这些东西，所以就在那片废弃的空地上种了很多，以便卖给有钱人。

因为不是给自己人吃，他们都是用粪便浇灌，这样野菜会长得比较茂盛。对于这种工作，乐子丝毫不陌生，他在老家就经常干。

叶子今天也一反常态，非要和乐子一起去。这是她第一次要求在白天出门。

乐子推着一车粪便，身后跟着叶子，两人来到了那片野菜地。一路上叶子拉着乐子的衣角开心地唱着歌，乐子任由她在自己身上做一些小动作，充满爱怜地看着这个满身伤痕的姑娘，像看着自己的妹妹一样。经过那些正在做手工的残疾少年时，他们热烈地向乐子问好。少年们也认识叶子，他们都知道，每天那些难以下咽的食物都是出自叶子之手，所以他们和叶子之间经常爆发战争，尽管叶子一再表示，饭之所以难吃，是因为刘浪没弄好料。

乐子倒是很意外地受到欢迎，爱表现的乐子一有空就会把自己有限的知识灌输给他们。他们大概是太渴望知识了，不论乐子说的正确与否都十分认真地记下来。乐子教会一个叫傻蛋的傻子写会他的名字时,他激动地爬到各处去宣扬,你看这就是我的名字,这就是傻蛋,是我。

乐子深切地感受到,这些孩子,太渴望学习了。

开始浇灌时乐子让叶子站远一点,以免粪便溅到她身上。叶子执意要帮乐子的忙,他们一起把那些从人体里排出来的东西浇在给人吃的东西上,心里怪不是滋味。

叶子说,这吃了多恶心哪。

乐子安慰道,没事,他们不知道。乐子突然想起曾和金子一起吃过这种野菜,不由得吐起来。

叶子关切地问,你怎么突然恶心起来了?

乐子一个劲地说,还是不知道的好⋯

晚上,刘浪带着乐子来到市里,决定大干一票。同行的还有刘浪的左膀右臂。其中一个是在流浪的归宿人称大力王的大力,此人生性憨猛,力大无穷,就是脑袋有点不大好使,说白了就是一个智障。他的主要功能是充当打手,下手奇狠,但却有一个小小的 Bug,就是当他打到兴起时,会分不清敌我。刘浪在被他第三次打进医院后痛定思痛,对他约法三章,让他以后"只要刘浪在场,绝对不能出手"。从此之后此人再也没有出过手，渐渐演化为一个道具，主要功能退化，只是站在刘浪身旁充当门面。

另一个是刘浪的谋士，流浪的归宿最惹人讨厌的家伙，刘浪干的大半缺德事都是经由他那尖尖的脑袋酝酿而出。此人自称学富五车，曾三读"三国"，四读"水浒"，无读《金瓶梅》（无数的"无"），自称老子，人称老鬼。

乐子看着这一文一武两位前辈，自愧弗如。

刘浪握着乐子不停颤抖的手说，不要害怕，我相信你可以。你看，因为有你，我今天连四大金刚都没有带来，你可不要让我失望呦。

乐子问，那我们今天干什么？

刘浪说，今夜因为是你的初夜，咱们干点温柔的，抢个女孩。

抢女孩？乐子鄙夷地望着刘浪，心想怪不得此人不能让归宿里的人过上好日子，连抢劫都如此不堪，一个女孩能抢出来什么。他看了一眼谋士老鬼，心道这个老家伙也是徒有虚名，外强中干，不对，外机灵中蠢。

那咱们什么时候动手？乐子问。

等。

等？

等她经过这里。

她一定会经过这里吗？

会的，老鬼说，我已经在这里蹲了四天了，每天上完晚自习她都会从这里经过，风雨无阻。

乐子没再说什么，四人在这浓重的夜色里开始了漫长的等待。眼睁开已是第二天清晨，那个女孩一直没有出现。

刘浪在露水中醒来，他满腹狐疑地问老鬼，她不是每天都打这儿经过，风雨无阻吗？

老鬼也百思不得其解，喃喃道，不能够啊，她每天放学都从这儿走的，是不是今天生病了，或者来事了，你知道女生都……

乐子冷笑，她每天放学都从这儿走不假，只是今天星期天，不上学。

所有怒气都牵制在老鬼身上，饿了他两天。

乐子看着瘦得皮包骨的老鬼，终于明白此人为何如此之瘦，又看看在那里大快朵颐的大力，不由得心生感慨，还是做白痴好，起码比自作聪明强多了。

5.6

两天后刘浪给老鬼吃了一顿饱饭,带着他们又来到了那个蹲坑地点。由于上一次的失败,刘浪非常气愤,决定加大抢劫力度,他说,上次这个小丫头竟敢放我们鸽子,害我们白等一夜,今夜,就不只是打劫那么简单了……

乐子听得心惊肉跳,心想难道刘浪还要劫色?他连忙劝阻刘浪,可不能强奸呀,强奸幼女罪大着呢!

刘浪踹了乐子一脚,不要用你那肮脏的心把我复杂化,我的意思是咱们每人摸她一把,吓吓她。

乐子对这个办法嗤之以鼻,也没敢再说什么。

老鬼死死盯着来路,心里七上八下,担心这女孩别突然转学或被学校开除,要是这样的话,还不得被刘浪饿死。

在众人热切的期盼中,那女孩果然不负众望,从远处姗姗而来。刘浪为了向乐子显示自己经验老到、技艺高超,率先走了出去。

他拦住女孩去路,没有像往常一样掏出玩具枪,而是深沉地揪住额前的一绺头发,恶狠狠地说,姑娘,我现在正式通知你,你被打劫了,想保住你的命,想保住那张膜,你唯一的办法就是留下所有钱。

女孩像看见周星驰一样看着刘浪，笑个不停，哈哈哈哈……呵呵呵呵……你这几句台词不错，保住你的命，保住你的膜……哈哈哈哈，你怎么没说要打此路过呢？

刘浪开始怀疑此女是不是神经病，他掏出玩具枪说，别笑了，这是一件很严肃的事情，快把钱交出来。

女孩说，好，你过来呀。

刘浪终于重拾尊严，高兴地向女孩走去。

呀！

乐子三人只觉得眼前一花，那女孩一个漂亮的后摆腿，刘浪高大的身体已经摔倒在地。接下来就像是一个周而复始的游戏，刘浪起来再被摔倒，被摔倒再起来，没有占到一丝便宜。乐子知道自己最好也过去被摔个几次，不然回去刘浪一定不会轻饶。乐子和老鬼大叫着加入被摔之列，大力因为被刘浪限制，所以幸免于难，站在一旁隔岸观火。

三人被打得连连求饶，女孩住了手。她看一眼高高耸立的大力，轻蔑地说，花瓶。

大力虽然白痴，但也听得懂讥笑之言，他向刘浪请战打那女孩。刘浪尝过大力的厉害，知道此公一巴掌胜过那女孩十个后摆腿，死活不肯。他宁愿被别人打，也不敢让大力出手。

女孩把羞辱进行到底，再次呵呵一笑，就你们几个小蟊贼，还敢到武校门前打劫。

什么？武校！刘浪看着老鬼，眼睛要喷出火来。

你他妈怎么不让老子去警察局打劫呀？

六 爱与患

6.1

那夜之后乐子再也没有见过老鬼,据说他是被饿死的,乐子为他短短难过了几分钟。此人无形之中为社会治安做出了卓越贡献,从那以后,刘浪打劫缩小了范围,低于五十岁的一概不打。他把目标锁定在那帮逛菜市场的老太太身上,每次能抢到50元至100元不等,还基本都是零钱,不连号。

乐子那夜回来,卧病在床十多天——装的。刘浪对他彻底失望,断定他"干不了大事。"

乐子装病,不明就里的叶子关心备至,日夜守在床前,为他端茶倒水,生火做饭,照顾得无微不至。

乐子一边感动着,一边担心着。他担心叶子对他用情太深,无法自拔。他还是不能接受叶子那张脸,他无法想象和这张脸共枕一席的情景。

忙碌的叶子没有注意到这些,已经很久没有照过镜子的她仿佛忘了自己异于常人的脸。她被爱情冲昏了头脑,重新变回一个快乐的小女孩,她满脑子只有乐子初次见面说的那句话——我要和你成为朋友。她已经孤独了太久太久,当突然有一个人出现在面前,并对她说"我要和你成为朋友"时,她深埋于心底的爱萌芽了,这自私且火热的爱像毒瘤一样恶性发展,被这段日子暗暗浇灌,已经是参天大树了。

树荫悄无声息地遮蔽下来,带来些许凉意。

乐子没有觉察。

种子没有觉察。

连叶子自己也没有觉察,这棵爱之巨树,已然遮天蔽日。

6.2

叶子把乐子扔在外面晒太阳,她晒咸菜。

乐子眯着眼睛惬意地望着天空,那帮残疾少年都爬过来要乐子给他们讲故事。

乐子问,今天想听个啥样的故事呢?

我要听狼来了。

我要听小红帽。

我要听龟兔赛跑。

一时间众说纷纭,乐子不知道该听谁的。

这时他们之中比较健全的石头举着只有三个指头的手说,我们想听三毛流浪记。石头此言一出,其他人不管想听什么的都随声附和,我们要听三毛流浪记。

乐子暗自惊叹强者的凝聚力,却只怪自己才疏学浅,不知道三毛流浪的故事。他清清嗓子说道,三毛流浪记不好听,我来给大家讲一个从没有听过的,叫小三放牛。

于是石头的观点被众人弃之不理,大家安静地听乐子信口编造的小三放牛,

很久很久以前,有个小孩,名叫小三……

这时有个小孩突然说道,我就叫小三。

众小孩纷纷爬过去对他施以拳脚,让他不要说话。乐子看着少年们认真的神情,暗下决心,一定要想办法让他们学习。

有一天小三去放牛,看见一群仙女在河里洗澡……乐子套上了牛郎织女的情节。

那些纯真的没有受到任何污染的孩子们,都睁大了眼睛,竖起耳朵听着乐子南天北地的讲述。他们可能都没有听过牛郎织女的故事,他们对这个世界知道得太少太少,在他们只知道活着就是干活的时候,乐子的到来,和他带来的那些不知对错的见闻与知识,像炙热的火种,点燃了这群孩子求知的心。

6.3

建国日，刘浪特意安排叶子多做点好吃的，好好过一下节日。

叶子在流浪的归宿做饭多时，一直被刘浪限制用料，今天终于被解禁。为了改善人们对她做饭难吃的看法，做得格外卖力。乐子帮着她杀鸡宰鸭，忙得不亦乐乎。

刘浪今天也一改往日惹人讨厌的样子，充满笑意地从每一个人身边走过。

宴会摆在厂院中的一个大空地上，孩子们吵吵闹闹，围坐四周。最南面坐着那些整日糊东西的瘸腿少年，他们一般都心灵手巧，只是走动不便。瘸腿少年们左边是那些只会捡垃圾的智障儿，这些人虽然四肢健全，但被刘浪训练得只会做两件事——捡垃圾和吃饭。本来刘浪不准备教他们吃饭的，饿死了几个之后刘浪才恍然大悟，白痴也是要吃饭的。白痴们旁边就是刘浪最器重的十二扒手和四大金刚，这些人是流浪的归宿为数不多的四肢还算健全且头脑不太笨的人。他们已经被刘浪教唆得无恶不作，尽管他们都还很小，拿出来也都是个顶个的大麻烦。

刘浪和乐子等人坐在一起，他端起一杯酒对众人说，今天国庆，是属于我们每个人的节日，我们为了祖国，干了。

众人一饮而尽，连忙拿起筷子去夹那些平日难得一见的菜肴，纷纷夸奖叶子的手艺大涨。席间刘浪不住向乐子举杯，乐子喝得头晕目眩。当他向刘浪敬酒时，却发现刘浪已经不在身旁，他以为刘浪只是上个厕所，不料等了多时就是不见踪影。他问叶子，种子呢？

叶子说，她不能喝酒，早回去了。

乐子心中升起一股不祥的预感，跌跌撞撞向住处跑去，不明所以的叶子紧随其后。乐子撞开门，刘浪正强行搂着种子胡咬乱啃。种子无力地挣扎着。乐子怒极攻心，他上前一把揪住刘浪，狠狠打了一拳。刘浪正是欲火沸腾的时候，见乐子突然来坏自己的好事，也勃然大怒，嘶吼着和乐子打作一团。无奈乐子本就没有刘浪块大，再加上喝了那么多酒，现在又怎么会是刘浪的对手，被刘浪三下五除二，打得趴在地上爬不起来。刘浪见好事被坏，兴趣全无，心想下次再找机会成事。他又狠狠地踢了乐子两脚，扬长而去。

乐子摇摇晃晃站起来安慰种子，没事了，没事了。种子见乐子的英勇表现，再也不顾心里的阻挠，伏在乐子的肩头大声哭泣。

叶子看着抱在一起如此般配的两人，眼中闪过一丝妒火。

刘浪开始加大那些孩子的工作量，他想买一辆汽车，那样他就能用来拉垃圾，没事时还可以去市里跑跑黑车。

这可苦了那些每天糊东西糊到深夜的孩子，大家怨声载道，背地里对刘浪骂不绝口。连那些每天天不亮就去捡垃圾的智障儿都在唱着骂刘浪的歌谣。

死刘浪，刘死浪。刘浪浪，浪刘浪，
刘浪每天浪得慌，早晚死在沙滩上，
死的浪，不会浪，浪死了，就不流了。

孩子们歌谣编得有些像绕口令，不太顺嘴，乐子觉得最后一句改一改会更好，把"浪死了，就不流了"改成"浪死了，就不流浪"，最后一句和上厌，也一语双关，刘浪死了，大家也就不用流浪了。当然这些都是乐子一个人瞎想，他也觉得现在苗头不太对，大家都在一个不太和平的氛围之中，他想要打破僵局，苦于没有办法。

刘浪对这些充耳不闻，依旧我行我素。那些瘸腿少年实在受不了，过来找乐子，让他跟刘浪商量一下，能不能不要做那么晚。无奈乐子刚和刘浪闹翻，刘浪又怎么会听他的呢。看着这些孩子一个赛一个的熊猫眼,乐子只得硬着头皮去找刘浪。

不让他们做那么晚?可以呀!刘浪拍着乐子的肩膀,小声说,只要你日后不再插手我和种子的事,我可以满足你所有条件。

所有条件?乐子若有所思地重复道。

刘浪这才意识到自己的口误,想收回已经不可能了,只得连忙补救,当然了,只要是我能做到的,你要和他们一样让我死,就不要说了。

乐子没有说话,他陷入了进退两难的思考中,一边是自己心仪的种子,一边是孩子们的切身利益。那些少年充满渴望的脸和种子满目惊慌的神情在他脑海中进行着残酷的斗争,难舍难分。乐子突然想起傻蛋学会写自己名字时的情景,那个只能爬着走路的少年就那样爬着告诉每一个人,他会写自己的名字了,他的笑容深深烙在了乐子心里,那是一种发自内心深处的、毫无保留的笑。这笑容无疑是所有孩子渴望与梦想的一个缩影。

想到这儿,乐子痛苦地开了口,我只有一个条件,你一定能办到。

什么条件?

让那些孩子读书,你找老师。

让他们读书?我没听错吧,他们懂得什么,别傻了,他们是畜生，你见过给畜生读书的吗？刘浪笑得不行。

你就说答应不答应吧。听着刘浪的浪笑，乐子感到从未有过的恶心。

好，我答应。刘浪的干脆让人觉得有点假。

乐子把和刘浪的对话如实告诉了种子，种子听后呆若木鸡。乐子知道要给她时间思考，在一旁静静等着。

好！长久的沉默之后，种子毅然决然地说，要是我的牺牲真能给孩子们带来福音，我愿意。

一瞬间，乐子眼中噙满热泪，他紧紧握着种子的手说，苦了你了。

种子突然抱住乐子说，我尊重你的决定，因为我爱你。时隔多日，在和金子分别那么久之后，再一次有人对乐子说爱，并且是他爱的人。爱就像子弹在脑中爆开，瞬间瘫痪了全部的感知。种子紧紧抱着他，在他耳边喃喃自语，因为我爱你，我会为你做你认为对的一切。就让我第一次也是最后一次这样爱你吧。种子的亲近让乐子无法抗拒，两人痴缠在一起，第一次，也是最后一次。

缠绵中的两人不会知道，这仅有的一次，被门外的叶子看得清清楚楚。

6.4

种子死了！一个孩子爬过来告诉乐子。

乐子一路狂奔，看见已经奄奄一息的种子。一袭白衣的她倒在血泊里，像一朵猩红的雪莲，开得圣洁而惨烈。乐子推开一旁号啕大哭的叶子，抱着种子冰冷的身体，忍不住颤抖。

谁？是谁干的！乐子咆哮着。

种子伏在乐子耳边不住地喘息，答应我……替我好好照顾叶子，她比我……爱你……

我知道，种子，你不会有事的。乐子紧紧抱着种子，种子在乐子怀里幸福地闭上眼睛。

谁？到底是谁？

是刘浪，是刘浪杀了姐姐。叶子显得惊恐万状。

刘浪！失去理智的乐子没有做任何考虑——也许是他不愿意思考，他只想杀人，而刘浪，是再合适不过的人选。他拿起叶子做饭用的菜刀朝刘浪的住处奔去，对叶子的呼唤置之不理。

刘浪正在给四大金刚上课，看着满身是血、手提菜刀的乐子很生气，他大声呵斥，乐子，你他妈又乱杀鸡了，下次杀鸡给老子汇报一声。

乐子揪住刘浪的衣领,你他娘的别跟我装蒜,种子都答应依你了,你还不放过她,老子今天要宰了你。说话间乐子手起刀落,没有给刘浪解释的机会,锋利的刀刃就划破了他的脖子。

血,鲜红的血喷薄而出,染红了乐子稚嫩的手。

平日里横行霸道的四大金刚——那四个半大孩子,见此情景撒腿就跑,边跑边叫,杀人了!杀人了!

引得孩子们纷纷抬头惊望。

杀谁了?

刘浪被杀了!刘浪……

刘浪?

刘浪!

太好了!太好了!刘浪死了!

一时间流浪的归宿一片欢呼。

大家聚集在刘浪的门前,看着满身鲜血的乐子出来,振臂高呼,乐子——杀得好!乐子——干得妙!乐子——大英雄!

乐子看着手中还在滴血的菜刀,突然跪倒在地,痛哭不止。

众人看到这幅情景,面面相觑,不知所措。

这是英雄的泪,这是胜利的泪!石头走到乐子身旁,举起只有三个指头的手对众人说,乐子帮我们除了刘浪这个大坏蛋,从此我们就听乐子的,他说过,会让我们读书,让我们过上好日子。

听乐子的,听乐子的!众人随声附和。

从此,这里就叫乐子的归宿。石头庄严地宣布。

七　欢乐的归宿

7.1

从流浪的归宿改叫乐子的归宿之时,就意味着,这个被人遗弃的地方,又换了一个主人。

对于乐子来说,这很突然,他没有做好当一个领袖的准备,也从没想过。因为形势所迫,他干掉了这里的老大,总不能不管大家。他同意顶替刘浪的位置,但只有一个条件,这里不能叫乐子的归宿,这里不只属于自己。可大家不听,乐子解救了大家,他必须要为这个壮举冠名。双方僵持不下,最后达成和解,取乐子名字里的一个字,加上一个欢,叫欢乐的归宿。乐子很满意这个名字,他希望以后这里真的欢乐起来,成为快乐的海洋。

对于那些始终被苦难折磨到陷入绝望的孩子来说,名字的每一次变更,都意味着一次新的希望。所以,当这里再一次被重新命名时，他们热切地希望，这次的变更会带来些许的幸福。

刘浪和种子的死没有引起任何人的注意，毕竟，这是一个被遗忘的地方，这里发生的一切都与世无关。也许外面的人只是隐隐约约知道，这里生活着一些脏兮兮的流浪者，他们的生死荣枯与地上随处可见的荒草没什么两样。

乐子站在种子的坟前长时间沉默不语，叶子一直在哭。这个命运多舛的女孩，被父亲抛弃后，身边唯一的姐姐又离她而去。她在这个世界已经没有了亲人。

替我好好照顾叶子。种子弥留之际的话犹在耳边，乐子在心里坚定地回答，一定。

叶子，咱们回家吧。乐子劝慰道，刘浪已经死了，我想种子在天之灵一定会瞑目的。

叶子依然长跪不起，对乐子的话充耳不闻。

也许是她太过悲伤吧。乐子知道此时怎样的劝导都会显得苍白。他不再说话，静静地看着叶子哭泣。

夜浸透了大地。叶子再也流不出泪来，乐子拉着她冰冷的手，穿过开始枯萎的荒草回到家。

他把叶子放在床上说，睡吧。

叶子突然叫住向外走去的乐子，你，喜欢过我吗？

乐子没有回头，他说，种子和刘浪刚去，这里还有很多事情需要我去做。

我不管,我只想知道你喜欢我吗?

乐子转过身看着叶子的脸,透过烧伤的痕迹,仿佛能看见和种子一样清秀的模样。乐子就这样呆呆地看了她许久,最后轻轻说,喜欢。

叶子的眼泪再次倾巢而出。

你去吧。她说。

乐子轻轻带上门。

7.2

乐子没有食言，他很快给这里的孩子联系了老师，也不再让他们做那些廉价的手工活。做这些事情用的钱都是从刘浪屋里搜出来的。看着这么多的现金，乐子不敢相信，短短几年，刘浪已经搜刮积存了那么多。当然，还不算他的那些银行卡，那些卡的密码连同刘浪一起被深深埋葬了。

欢乐的归宿彻底改变了它的生存法则。有些孩子不劳动，一样能吃上饭，他们渐渐能和正常孩子一样读书写字。这些平日想都不敢想的事情，就这样实现了。他们由衷地感谢乐子，感谢饭做得越来越好吃的叶子。

乐子把一些比较干净坚固、漏雨不是很严重的厂房腾出来，给他们做课堂，请的老师是被某私立学校淘汰的两个老家伙。乐子本来嫌他们太老，但看他们要求较低，就答应了。

两位老师一进欢乐的归宿就惊呆了，连连惊叹，想不到，想不到，想不到在咱们这座城市竟然有这么一个地方，真是世外桃源哪。

乐子笑道，人家那世外桃源是想进去找不到入口，我这里却是敞着大门没人愿意来。

两个老家伙说话果然迂腐，哪里哪里，您这里也是一个绝佳的所在呀。

乐子笑笑,就请你们费心了,咱们这儿的孩子大半都没有念过书,你们一定要从头教起。

一定一定。

第二天,这里就传出了朗朗的读书声:

鹅,鹅,鹅,
曲项向天歌,
白毛浮绿水,
红掌拨清波。

乐子听着这似曾相识的读书声,欣慰地闭上了眼睛。(只是抒情,没死。)

7.3

对乐子的改革持不同意见者是刘浪的旧部——四大金刚和十二扒手。这些人跟着刘浪浪荡惯了,对于乐子突然不让他们偷,不让他们抢老太太,只让他们在课堂上听课,一时之间接受不了。十二扒手中的领头羊刘芒是刘浪的心腹,曾经因为同姓被刘浪收为干儿子。这位干儿子一直对乐子杀死刘浪怀恨在心,无奈乐子众心所向,他不敢有所表示,只能一直暗中煽风点火。功夫不负有心人,这天他终于把火给煽着了,带着十二扒手与四大金刚,怒气冲冲来找乐子。

刘芒对乐子说,你杀了刘浪,我们都不反对,但你不能限制我们的自由,你为什么不让我们去扒窃?

乐子说,我是想让你们学习啊,你们现在这个年纪,学习还来得及。

学习?刘芒冷笑,真是可笑,学习什么?学习有什么用?学习能让我们吃饱饭吗?学习能让我们不被人看不起吗?

能!乐子的语气不容置疑,一定能。只要你们好好学习,就一定能和所有人一样吃得饱,穿得暖,就一定不会再被人看不起。相反,我问问你们,人家为什么看不起咱们?那是因为你们每天从别人的口袋里偷人家努力工作的成果。只要凭自己的本事吃饭，谁会看不起咱？他们又凭什么看不起咱？

乐子一席话说得刘芒哑口无言，乐子趁热打铁说，去吧，好好学习吧，和那些爬着走路的比，你们已经很幸运了，你们的生活比他们容易多了，就看能不能好好用功了。

好好学习就能有吃有喝，鬼才信呢。不做这些，谁给我们吃喝？刘芒仍然对乐子的话不屑一顾。

我给你们。乐子说，只要你们好好学习，我会负责一切——衣食住行，我全管了。

好！刘芒说，既然不做事就有饭吃，我们当然乐意了。我们这就去上课，只是你要对你说的话负责啊——让我们吃饱饭。

我会的。

刘芒虽然仍不是很服气，但苦于实在找不出理由反驳乐子，只得乖乖进课堂学习了。

看着这些少年充满朝气的背影，乐子第一次感觉到自己的责任如此重大。

乐子现在有点不想回家，他害怕看到叶子那双含情脉脉又透着伤感的眼睛。他害怕叶子对他无微不至的照顾，和从中衍生的爱。他急切地想逃离这爱的包围，可因为当初的一个承诺，他又无处可逃。

叶子照例做好了饭菜,她正把洗好的乐子的衣服一件件晾在竹竿上。

乐子说,我那衣服不脏。不用洗。

叶子说,要洗,你现在是欢乐的归宿的主人,一定要穿得干净。

乐子看着叶子忙碌的背影,一时间又无话可说了,这种尴尬的局面乐子总是不能化解。

你吃饭吧,累了一天了。

好。

你吃菜呀,我特意给你做的辣椒炒蛋。

好。

(沉默中)

叶子。乐子终于说话了。

嗯。叶子惊喜地抬起头,乐子很少主动叫她的名字。

以后不要给我做那么多菜了,乐子说,和那些孩子一样就行。咱们钱不多了,从刘浪那里搜到的已经花得差不多了,我们要节省。

其实我们可以让他们继续做工。叶子第一次反驳乐子的话,不让他们做太长时间不就行了——

好了,乐子打断叶子的话,我是不会再让这些孩子受苦的,我们都经历过这样的生活,难道你忘了那是什么滋味儿了吗?

可是……

不要可是,不管怎么样,这些孩子我管定了。我会想办法让他们过得好,让他们和正常孩子一样生活。乐子直视着叶子,我想,你一定会支持我的。

叶子在乐子灼热的目光中点了点头。

乐子笑了,他看着窗外无边的黑夜,喃喃自语:和正常孩子一样地生活,没有苦重的体力活,没有生活的压力,只有欢笑,就算有泪,也是喜悦的泪。

7.4

上课的时候,乐子从来不去教室里,他害怕打扰那些正在学习的学生。他努力做到让孩子们有和他上学时候一样的环境。就像上天布置给他的一件圣洁而又光荣的任务,他诚惶诚恐,不敢马虎。他像个患有强迫症的病人一样,反复把每一件事做到最好,不管事情多微小。从这些少年的身上,他看到最多的是自己的少年,他一直在努力的,就是不让自己的少年再度重复。

他为此感到骄傲。他不再随波逐流了。他终于找到了自己的追求。假如有一天再遇见蜕变成人,也许他也可以挺直腰杆对小虫说,看,这就是我热爱的。

也许小虫依旧会说,爱注定要付出代价。

乐子一定会说,我不怕。

不怕。是的。他真的不怕。他不怕苦累——他把教室前的杂草一根根拔掉,为了孩子们,他和疯长的野草争夺这片土地的使用权。他不怕麻烦——用石磙把那片土地一遍一遍碾平,给孩子们做操场。做这些的时候,他像个机器人一样不知劳累,那些孩子都嬉笑着叫他奥特曼。

由于乐子不再让孩子们做工,欢乐的归宿没有了主要的经济来源,一时间只出不进,乐子看着越来越少的钱,暗自发愁。

这些天,他一再提醒叶子要节省开支,他也想尽一切办法赚钱。他把刘浪种给有钱人吃的野菜又扩大了种植面积,每天开着那辆破三轮车到三十公里以外的市里去卖。他听人说,那里能卖上高价。

乐子这天照旧起了个大早,叶子已经给他做好了饭,把今天要卖的野菜也装好了车。乐子匆匆吃过早饭,跨上三轮车朝着那片即将出现太阳的地方驶去。背后传来叶子关切的叮咛,小心开车,早点回来呀。

乐子因为来得早,像往常一样在胡同口占了一个好位置。这条胡同因为太过狭窄,所以被人忽略,成为本市最后一个可以自由设摊的地方,商贩云集,卖菜的、卖药的、卖烟的、卖淫的、卖点心的……种类繁多,数不胜数。正因如此,小胡同热闹非凡,唯一的缺点就是堵,平均每十米就要走个五分钟。

乐子的野菜在这里倒也成了稀罕玩意儿,每天都能早早卖完。今天他又遇见了一个朱元璋式的老头,那老头儿大概来自农村,在这里发迹,他把乐子的野菜全给包了,说是怀念一下曾经吃野菜的岁月。乐子接过他递过来的百元大钞和那句潇洒的"不用找了",一个劲儿后悔今天带的野菜太少。

乐子卖完野菜匆忙往家赶,他下午还要把刘浪在世时弄的那些废品拿去卖了呢。费了九牛二虎之力,乐子终于出了胡同,在拐角处迎面走来一个老太太,因为乐子的三轮没有车闸,停车是来不及了,乐子果断把车把转向另一边。

嘭!

乐子的三轮车结结实实撞上了一辆轿车。

对不起,对不起!我不小心……

不小心!从车上下来的胖子打断乐子的话,不小心你就撞老子车,你看看,车窗有一个裂纹,你说怎么办吧。

我赔,行吗?乐子笑着对胖子说。

胖子见乐子态度良好,火消了不少,说,赔那是自然,商量个价钱吧。

二百行吗?我就这么多钱。乐子可怜兮兮地说。

二百?胖子的火估计又上去两倍有余,你仔细看看老子是什么车,二百?打发叫花子呢。

什么车,乐子还真没仔细看。对于车他知之甚少,除了认识奔驰宝马和大众外,别的车一概不认识,他在车屁股上看了一眼,这车恰好在他认知的范围内——宝马。

宝马!乐子虽说对车一窍不通,但也对这车的昂贵有所耳闻。

可是，我真的只有二百块呀。乐子苦苦哀求。

我不管，我这玻璃是一定得换的，你拿五千块咱们私了算了。胖子一副宽宏大度的样子。

五千，这一条裂纹就要五千？乐子气得大叫，你抢钱啊，别说我没有，就是有也不给你。

胖子冷笑一声，我在这里心平气和与你商量，已经是很给你面子了，别敬酒不吃吃罚酒。

乐子一向讨厌别人一副高高在上的样子对他说话，他毫不客气地回应对方，敬酒我是吃不起，要不你给我来杯罚酒。一个小裂纹就要我五千，我家的窗户上连玻璃都没有呢，就二百块，你不要我就走了。

罚酒是吧，好，这二百你留着做棺材吧，我让你见识见识我的罚酒。胖子掏出手机打了个电话。

乐子以为他是打给交警的，心想警察来了也好，可以为自己主持公道。

在乐子热切期盼警察的到来时，却等来了一群身材魁梧的大汉。胖子见了他们，潇洒地冲乐子打了个响指，那群大汉心领神会，径直朝乐子走来。接下来这顿罚酒乐子吃得结结实实，他先是被黑压压的拳头包围，然后就看到了漫天的星星。

过度的疼痛导致了麻木,乐子很快就失去了知觉。在捶打中,他只是觉得,舒服不是身体的舒服,而是飘在空中的舒服,好像他也是打手中的一员,身先士卒地打着地上的自己。好舒服啊,他甚至希望这样有节奏的踢打永远不要结束,或者干脆就在拳脚的炙热关照下睡过去。拳脚最终从身上离开,那个胖子在他的脸上唾了一口扬长而去。乐子过了好一会儿才舍得睁眼,真是太舒服了啊,有多久没人对自己这么热情了,他都忘了。他懵懂地看着围观的人群,有人在叹息,有人在拍照,有人在谈笑,唯独没有人把他拉起来。那一刻他才深刻体会到,想站起来,还是得靠自己啊。

　　乐子不知道是怎么回到家的,一路上他的感觉只是疼痛,那种近乎麻木的疼痛。他机械般迈动着脚步,一步一步艰难前行。三轮车已经被砸烂,所幸他们并没有把卖菜所得的这二百块拿走,可能人家不屑一顾吧。

　　叶子看到乐子的模样,脸上的表情显得比乐子还要痛苦。她没有问为什么,连忙把乐子扶到床上,给乐子换衣服敷药。

　　温柔的手轻轻拂过狰狞的伤口。

　　疼吗?她心疼地问。

　　不疼。乐子抬头看到她被毁去的容颜,突然心生爱怜。谢谢你,叶子。乐子回应。

叶子融化在乐子突然产生的温柔里,她的手停在乐子背上,柔声说,我不要你说谢谢,我只希望你能好好的。

乐子笑笑,今天只是意外。

叶子连忙问道,什么意外?

没,没什么。乐子敷衍道。

没什么?没什么你会满身是伤?叶子声音陡然大了许多,为什么总是不告诉我你的事情呢?为什么总是不让我关心你呢?

面对叶子的质问,乐子一时无话可说,他讪笑,我这不是,不是怕你担心吗。

怕我担心,我看你是故意躲开我,躲开我的爱。叶子终于把深埋心底的话说了出来,她抱着满身伤痕的乐子,尽情宣泄:我爱你,我不顾一切,拼其所有,就是为了爱你,你怎么就不明白,你怎么就不接受呢。

乐子龇牙咧嘴忍着,他身上的疼痛正被一种温暖的热情包围。抱着他的女人身上散发着一种熟悉的味道,勾起他的回忆,这个一直以来无微不至照顾着他的女人,曾给他端茶倒水洗衣做饭的女人,一直都爱着他。

他知道,但不敢接受。

为什么呢?因为自己的处境,还是因为——她的脸?

乐子突然感觉到卑微，自己不是一直以来都渴望爱吗，那些不论来自哪里是真是假的爱，不是都毫不犹豫地接受了吗，金子的，种子的，还有幻想之中燕子的。可为什么就不去接受叶子呢？这个一直默默付出、不图回报的女孩，为什么一直不敢面对呢？难道就是因为她的脸吗？

乐子不顾伤痛，也紧紧抱住了叶子。抱着这似曾相识的身体，乐子突然流出了眼泪。他已经很久没有流泪了。他哽咽着对叶子说，我也爱你，叶子。

叶子终于听到了这句期盼已久的回答，她还没来得及品味，就已被这句话融化，彻底醉倒在乐子怀里。

你要我吧！

温香软语中，乐子吻上了那张面目全非的脸。

原来，这并没有想象中可怕。那一刻来临时，乐子这样想。

7.5

听说乐子受伤在床,欢乐归宿的孩子们都非常担心,他们排着队来到乐子的住处看望他,每一个孩子的表情都十分凝重。这情景看起来跟送葬也差不多。

几个瘸腿少年因为爬得比较慢,来到门前时那些智障儿已经从屋里出来了。瘸腿少年们看到那些智障儿哭哭啼啼从乐子屋里出来,以为乐子身遭不测,不由得号啕大哭。连那两个老师也跟着提心吊胆,怕乐子就这样死了,拖欠了他们几个月的工资会化为泡影。

还好乐子依然活着,大家看到尚在人世的乐子,都长吁了一口气,不管他们是出于什么目的想让他活着。他活着,是被需要的。

乐子见这么多人关心着他的死活,感动得不行,他一感动就得哭,一哭就说不出话。看着他张着嘴好长时间说不出一句话,嘴边的话把他的脸憋得通红,众少年更加相信了自己的猜测,以为乐子命不久矣,顿时屋里屋外哭成一片。

叶子连忙安定人心,她冲着众人嚷道,哭什么啊你们,他只不过是一点皮外伤而已。

那他怎么连话都不能说了?

还不是你们让他动了心了。

噢。众少年一片恍然大悟。

叶子说,你们上课去吧,乐子哥哥不会有事的。

噢。众少年听话地点点头,却没有一个人挪动脚步。

快去。乐子终于说出一句话。

众少年一看乐子说话了,连忙跑着跳着爬着离开了房间。

又只剩乐子和叶子两个人了,两人相视一笑。乐子说,你裤子上的拉链没拉。

你还没穿裤子呢。

乐子伤愈后一个劲儿地感叹,撞车比撞人都严重。为此,他还特意到孩子们的课堂上,向老师借了一个小时,给那些孩子上了他认为非常有必要上的一课。

这堂课的名字就叫:宁可车撞死人,不能人撞死车。

这是乐子第一次站在讲台上,因为有满腹的牢骚要发,所以他没有显得过度紧张。这是比较成功的一堂课,两位老师来找乐子的时候,一个劲儿地拍他马屁。语文老师庄雅说,宿主这堂课讲的真是鞭辟入理,别开生面啊,以您独到的见解,简直可以给孩子们另开一堂社会课了。

乐子被夸得有点不好意思,他也学着庄雅的口气问道,庄老师，何以见得？

庄雅见又有一人随自己走上装雅的道路，继续装雅道，从宿主写在黑板上的课题就可以领略一二。同样的字，却被宿主组成了两句截然不同的话，而这两句话又是如此辛辣地揭示了现实……

乐子见他对自己这堂课的见解只停留在标题上，不禁有些不悦，就好比你今天从家里出来，有人夸你仪表堂堂，说了半天都是在讲你的衣服，那你就能体会乐子此时的心情了。

乐子待庄雅的马屁告一段落，找个空隙说，庄老师，刘老师，找我有事吗？

两位老师一时有点手脚无措，互相推诿对方先说。经过一番无声且激烈的眼神交锋后，最后决定还是由庄雅来说。庄雅清清嗓子，酝酿了一会儿才开了口，这个，宿主呀，来贵宝地教书育人，我等与有荣焉，此事绝对是我等这辈子做过的最有意义的事情，我们也非常热爱这个岗位，只是……庄雅说到这里沉吟不决。

乐子一听他说到这里停下来，就知道他们一定另有所指，还有一个目的就是让自己问一句，起到承上启下的作用。乐子只得随口接道，只是什么？

只是我们也是要吃饭的，我们上有八十老娘——需要扫墓，下有三岁小儿——嗷嗷待哺。所以，宿主您是不是能适当发给我们一部分工资，我们到岗三月有余，至今分文未见呢。

乐子听后十分愧疚，他顿时感到有些无力，只能像往常一样苍白地承诺：你们说的情况我都知道。咱们归宿这段时间比较艰难，但我一定会想办法，尽快给你们应得的报酬。

这话我们都听了多少遍了。数学老师刘一个显得不太沉稳，我们不管你用什么办法，到这个月底，你要是不结清工资，我们就只有另谋出路了。

一定一定。乐子点头哈腰地说，我不会亏待你们的。

但愿如此吧。庄雅叹息一声。

乐子呆呆地看着他们的背影，思绪如麻，自己肩负着欢乐的归宿所有人的生计，而自己，还能坚持多久呢？

7.6

乐子从城里卖完菜回来的时候,又看见了那个三级片导演——胡半裸。看见此人,乐子随之想起了自己的大荧幕处女作《瘸腿少年和他的狗》,继而又想起了和自己一起演戏的流浪狗万财,又通过万财想起了老乞丐。想起老乞丐,乐子稍微难过了一些时候,再抬起头看着街头的大电视机,胡半裸在里面摇头晃脑地说着什么,他说的话乐子一句也没听明白。乐子激动地扔掉手中还没有卖完的一个萝卜,他突然想到一个弄钱的好主意,这主意自然是胡半裸给他的灵感——当然,不是拍三级片。

午夜将至,乐子还没有回家,叶子当然不会想到,此刻乐子正在一个蜚声海内的大导演家。

乐子坐在胡半裸家舒适的沙发上,他已经很久没有享受过这么奢侈的人造物了,这种感觉,比躺在叶子的怀抱里还惬意,看来人造的物品早已超过了人的能力。

胡半裸坐在对面,看着神情坚毅、目光如炬的乐子,不敢想象他就是曾经那个不谙世事的少年。虽然对此时的乐子心存芥蒂,他还是装作很生气的样子对乐子说,我不是给过你钱了?你也答应过我,不会再出现。

乐子同样对胡半裸心有余悸,上次他仅仅是让自己假死,这次违背诺言突然出现,他会不会把自己真的弄死?为了欢乐的归宿,乐子还是硬着头皮来了,他故作沉稳地说,我本来也不想来见你,我要是直接去见媒体的话,又怕你怪罪,所以还是决定先来跟你说一声。

胡半裸看着黑瘦的乐子,盘算着要把他弄死有几成胜算。要是平常肯定没问题,念及最近事业红火,饭局多,来找自己的女演员也多,又没有适当控制自己,致使纵欲过度,理短气虚,恐怕不是乐子的对手。想到这儿,他连忙挤出一丝笑容,你要多少?

乐子当然不再是半年前那个见一万块就晕倒的无知少年,他已经知道,"亿"这个计量单位被发明出来是可以运用在私人财产上的。一个人,就要用上"亿"。他常常想,这么多钱可以买多少馒头,养活多少人啊。一个人,凭什么用上"亿",怪不得"亿"旁边站着个人呢。

他问胡半裸,你一年可以挣多少钱?

挣不多少,也就几万块。

几万?乐子跳起来,别以为我不知道,光《瘸腿少年和他的狗》票房都上千万,再加上你又拍的《断臂大侠与他的鹰》,和之前的《裸体女人及她的驴》,你没有一个亿,也有八千万吧。

乐子说出来把自己都吓了一跳,眼前这个胖子,真有那么多钱?他要是有那么多钱,为什么还是人的样子?

哪有那么多啊,那是票房,是电影院赚的钱,又不是我的。

我不管那么多,你就实话实说,你究竟有多少钱吧。不得不说,乐子的这个问题非常愚蠢,被提问者是肯定不会实话实说的,就像一个妻子问出轨的丈夫你究竟有多少女人,他都出轨了,能老实得了吗?

胡半裸果然胡诌。他说,也就三四百万吧。

不得不说,胡半裸是过高地估计了对方。对于乐子来说,就算说三四十万也会让他两眼放光。三四百万,意味着什么?欢乐的归宿那么多人节衣缩食每天还要消费两百元,要是有了这三四百万,就意味着欢乐的归宿的每一个孩子每天都能吃上肉,两位老师每个月都能得到工资。另外,叶子的脸也能做美容手术,变得和种子一样漂亮。想到这儿乐子不但两眼放光,连双腿也哆嗦起来。他哆哆嗦嗦地对胡半裸说,好,那你就给我四百万,我就不把我还活着的事情说出去。

胡半裸哭笑不得,他装出一副可怜相,我不能有多少都给你呀,你多少得给我留点吧。

给你留什么,你再拍一部电影就都赚回来了。

我拍一部电影最少也要半年呀。

那好吧，乐子毕竟心地善良，他找个本子算了一下说，给你留一万块吃饭，一万块穿衣。说着他又狠了狠心，再留一万块泡妞，剩下的给我。

还有房租呢？胡半裸说。

要什么房租，这不是你的房子吗？

当然不是。

乐子咬咬牙，好，再给你一万。

一万？胡半裸冷笑，一万都不够三天用的。

什么？乐子再一次跳起来，用那么多，那你就到我那儿住半年吧，不要一分钱。

胡半裸连连摇头，算了，我可住不惯乞丐窝。

这句话把乐子激怒了，他站起来揍了胡半裸一拳说，你这儿才是乞丐窝呢。又踢了踢地上的文胸，你这儿是淫窝。又拍了拍桌上的麻将，赌窝。又一拳揍在了他的胸口，心窝，你有心吗？

胡半裸被揍得呼哧呼哧喘着粗气，连连求饶。乐子怕真把他打死一分钱都得不到，连忙停下手说，快，把你的四百万拿过来。

大哥你有点常识行不行，我的钱都在银行呢，要取出来也得预约啊。

那你什么时候给我？乐子迫不及待地问。

后天，后天你到大象会馆，我叫人给你。

大象会馆？我都不知道在哪儿。乐子对这座城市娱乐场所的认识只停留在一些三流酒吧。到破烂市场吧。他说。

破烂市场，呵呵。胡半裸说，我本来不知道，前几天报纸上看到，那已经被四个家伙放火烧了。

四个家伙。乐子立刻想到了蜕变成人。他焦急地问胡半裸，他们被抓了吗？

没有。

乐子放下心来，他把话转入正题：那我们就到回收世界吧。

胡半裸没有异议。

后天晚上七点半，你看完新闻联播准时过来。只能是你自己。乐子学着电视里的黑社会说道。

好，我知道了。胡半裸显得有点不耐烦。

乐子转身要走，路过冰柜的时候停了下来，他找了一个口袋把里面的所有食物都装了进去，回头对胡半裸说，别见怪，我们那儿很久没有吃过这种东西了。

胡半裸不置可否地耸耸肩。

乐子最厌恶人做这种动作,他真想再过去揍他一顿,考虑到这家伙还要留一个好身体给自己送钱,暂且忍住了冲动。

他拉开门,冲胡半裸摆摆手,走了出去。待他关上门,胡半裸摊开手,笑了。

7.7

回收世界是一个比较高档的夜总会,乐子曾经和金子来过这里,所以选在这里与胡半裸进行交易。

这天太阳还没落山,乐子吃过叶子特意为他摊的煎饼,从家里出发。虽然离约定时间还早,因为从家跑到要花不少时间,所以提前出发了。

为了这次交易,乐子颇费了一番心思。他本想让刘浪的四大金刚跟着他去震震威,随即想到好不容易劝服他们以学业为重,不做鸡鸣狗盗之事,看来是断不能叫他们的。最后乐子想到了大力王,既然只是摆摆样子,镇镇场面,大力王就是最合适的人选了。于是乐子请大力王再度出山,辅助他这次行动。大力王在一串香蕉的诱惑下,毅然决定追随乐子完成提款大业。

乐子与大力王在低垂的夕阳下走向回收世界,因为有所追求,脚步倍加坚定。摆在乐子前面的,是熠熠生辉的三百九十六万,对于大力王来说,则意味着更多的香蕉。

很显然大力王是没有到过这种地方的,他以前也就是和刘浪在各个拉面馆里横行而已。他们在吧台前坐下,大力王对舞池里那些疯狂扭动身子的男女产生了好奇。征得乐子的同意,他下去一阵乱跳,把舞池霍霍得够呛。

把时间浪费在等待中是毫无意义的,当然对象是钱就另当别论了。乐子专一地等着,目不转睛望着门口。一张清秀的脸凑到乐子眼前,占据了全部视线。不得不说,这是一张漂亮的脸,皮肤白净,五官以非常奇妙的方式组合在一起,却又合理得恰到好处。可惜的是,这张脸的主人是个男人。在乐子看来,一个男人是没有必要长那么漂亮的脸的。

你好,我叫李尽。脸的主人说道。

乐子一向不喜欢与陌生人说话,但人家一上来就自我介绍,且不管他报的是真名假名,自己也要有所表示吧。乐子微微一笑说,很高兴认识你。

你还没告诉我你叫什么呢。

这重要吗?

不重要,重要的是我看你非常像一个人。

什么人?

一个垃圾导演拍的一部垃圾电影里的一个垃圾主角。

哦?

那部《瘸腿少年和他的狗》,看过吗?

没有。

奉劝你一句,千万别看,更别带女朋友去看。

为什么？

因为我就是前车之鉴，我第一次带我女朋友去看电影正赶上这部，回来后她就和我分手了。

为什么？

她说我品位太差。

哦。乐子没有想到自己为了吃饭拍部电影竟成了别人爱情的杀手，更加不敢把自己名字告诉他了。

我好像扯远了。李尽继续说道，我来认识你的目的，就是因为你长得像里面的那个主演。因为你长得像里面的主演，所以我来确定你是不是。

乐子对这个啰里吧嗦的家伙讨厌至极，他不再说话，表示对他的不欢迎。

你是吗？这家伙依然穷追不舍。

不是，乐子故意用一种生硬的语气回答。

李尽点了点头，他承认了自己的无聊：其实我也不相信你是。就是问问。不是说他已经死了吗？

我可不是从太平间跑出来的。乐子没好气地说。当一个人在充满期待等待着什么而突然有一个素不相识的人在身边不停说着一些不着边际的话的时候，会有一种想打人的冲动，乐子这会儿的冲动很强烈，他之所以没把冲动付诸行动，是因为他料定打不过此人。这时他想起了大力王,大声把正跳舞跳得起劲儿的大力王叫了过来。

乐子本意是从现象的表面震慑李尽,可想不到适得其反,李尽看到大力王,引申了他更多方面的话题,也更加说明了他的确是一个无聊到穷凶极恶的家伙。

他拍着大力王的肩膀说,这哥们儿的身板真不是盖的,适合练摔跤。我正准备练完截拳道练摔跤呢,我已经学过了拳击、柔道、散打和跆拳道,我还准备练摔跤、擒拿、咏春和太极。我的目标就是要像李小龙一样学尽天下绝学,所以我叫李尽。注意,不是那个蛮劲的劲,也不是进步的进,更不是那个亲近的近,而是那个无穷无尽的尽……

乐子看了看表,已经七点二十分了,看来这个家伙还有很多话要说,一时半刻没有要停下的迹象。就在这家伙试图说清楚到底是哪个"jìn"的时候,他悄悄换了个位置,留下大力王一个人一脸懵懂地听他掰扯。

在等待的最后几分钟,也就是最煎熬人心的时候,乐子的目光绕过濒死的人群死死盯着门口的方向,期盼着胡半裸的华丽现身。这多少说明了一点问题,谁手里有钱,谁就让人牵肠挂肚。

3分、2分、1分……59秒、58秒……1秒。胡半裸没有出现。

又过去了1分、2分、3分……还是没有出现。乐子的心开始往下沉,他暗暗地骂胡半裸没有时间观念,心想要是他敢故意晾自己,非让大力王吓死他不可。

乐子焦急地等待了28分钟之后,胡半裸终于出现了。随他出现的还有一群戴着墨镜的黑衣人。乐子对胡半裸的到来太过激动,以致忽略了他身后那黑压压的一片。

乐子冲胡半裸挥了挥手,胡半裸笑笑,用手指着乐子,向他身边的黑衣人说了些什么。

那群黑衣人凶神恶煞般朝乐子走来时,他才真正感觉到危险。看来只有出动大力王了,大力王再犯病也不至于把这帮黑衣人都打趴下再打自己吧。他冲大力王大喊,大力王,卟啾卟啾,发射!

准备就绪!大力王一掌把喋喋不休的李尽扒拉开,条件反射般回答。

大力王的拳头已经沉默了太久,当听到终于有人对他发出攻击指令,他显得无比激动。他毫不迟疑地迎着那群黑衣人走了过去。

现实总是残酷的,不知是不是大力王的拳头太久没用了,还是对方的刀太快,大力王握紧的拳头毫无征兆地落在地上,又无力地摊开。

鲜血飞溅。

大力王一声惨叫连连后退。

黑衣人蜂拥而上，乱刀而下。

黑衣人上下翻飞。

酒吧里一片混乱。

大力王用一只好拳勉强支撑，打得黑衣人飞来飞去，可最终孤掌难鸣，大力王被背后一闷棍敲晕在地。

乐子看这架势心中已经了然，胡半裸这是要置他于死地啊。

黑衣人把乐子围在中间。乐子看着他们手中仍在滴血的刀，感受着渐渐逼近的寒意。当一个人还没有做好要死的准备却有人硬要他死的时候，才会真正感觉到恐惧。即将面对死亡的乐子看了看酒吧门口，他想再最后看一眼要结束他这一生的胡半裸，遗憾的是胡半裸已经不知所踪。

黑衣人把刀举起来，乐子闭上了眼睛。他想在黑暗中细细品味死去的感觉，毕竟这种事，人的一生也只能经历一次，乐子选择坦然面对，不去看杀他的人，也不去看被杀的自己。很长一段时间后，乐子感觉自己还没有被杀死。他只是听到一阵金属碰撞的声音和拳脚过后的惨叫。乐子对此十分不解，难道这些人为了抢着杀自己打起来了？他疑惑地睁开了眼睛，然后他看到了一张脸,一张漂亮的不应该是男人拥有的脸——那个惹人讨厌的家伙。

李尽对乐子笑笑,还没来得及说话,那几个仍然站着的黑衣人又围了上来。李尽冷笑一声,轻蔑地举起拳头。他的招式实在混乱,或许是因为他学过的武术种类太多,花里胡哨的看不真切。虽然如此,实战效果还是非常可观的,片刻工夫,那仅剩的几个黑衣人也躺倒在地,动弹不得。

乐子看这个啰唆的家伙如此勇猛,不禁另眼相待,连连称谢。

李尽正准备论述一番他此时的所感所想,却发现门口又有黑衣人潮水般涌来,知道此地不宜久留,连忙拉着乐子和刚刚醒了的大力王从后门遁去,临走还不忘捎上大力王的断掌。

八　大侠的夙愿

8.1

从某种意义来说，认识李尽，改变了乐子的一生。

从眼下来看，李尽的到来改变了欢乐的归宿所有人的生活质量。

李尽很有钱，可贵的是他还很有情。

从回收世界逃出来，乐子本想感谢李尽一番，然后和他分道扬镳的，但李尽表示自己没有住处，而他又救了乐子和大力王的命，所以乐子要对他负责。乐子只好把他带回了欢乐的归宿。

李尽来到这里十分震惊，对乐子钦佩不已。他说，怪不得你去和黑社会打交道呢，原来有那么多人要养活。

乐子嗯了一声，没敢说话，怕再引来李尽的长篇大论。

李尽仍然显得很激动，对他来说，已经很长一段时间没有什么事情能让他如此激动了。他赫然发现这里离他的理想很近。说到这儿，咱们就不得不说说他的理想，说到他的理想，就不得不说说他的爸爸。

首先，李尽的理想是天下大乱。遗憾的是他期盼了这么多年依旧没能实现，所以他现在的主要活动就是趁机制造混乱。如今他看到欢乐的归宿又是一个有乱子的地方，忍不住心头狂喜。

李尽为什么会有这种乱世情节呢？还要从他爸爸说起。李尽的父亲是个狂热的武侠爱好者，自己也写书。李尽小时候，他们家全是武侠书。李父因为写的书没人看（主要是出版社嫌差不收），所以天天逼着李尽看，小李尽的小脑子被硬生生灌进了各种神功和各路大侠，以及各类武侠理念。

在李父看来，想做一个大侠首先得会武功，于是小李尽5岁就被迫开始学习武术。当小李尽变成大李尽，并孜孜不倦地学会了多种武术，具备了一个当大侠的条件后，却苦于一直没有为民除害的机会，迟迟打不响名号。

李父把症结归于世道，照李父的话说，乱世方能出英雄，盛世只能造傻蛋。这世界如此平静，李尽只能一身绝艺却遗世而独立了。

李父弥留之际拉着他的手说，尽儿，学得文武艺，货卖帝王家,千万不能碌碌一生无所作为啊,一定要惩强扶弱,为民请命。记住,没有机会创造机会也要上,国难当头之日,就是你功成名就之日。

李父这番遗言前半段说得还行,后面却有些反革命色彩。但李尽从小就被父亲灌输武侠理念,对他的话从不敢反驳,潜意识里强迫自己无理由把父训奉为圭臬。李尽把这遗言翻译成拉丁文文在身上(为什么是拉丁文?1.为了显得深刻。2.没必要让别人看懂),并错误地理解为:只要世界足够混乱,我就能出来行侠仗义。这些年李尽一边后悔自己怎么没有生在第二次世界大战期间,一边热切期待着第三次世界大战的来临,眼看世界各国一团和气,顶多打打贸易战,他苦不堪言。

最后用邻里们对他们父子的评价来结束这段介绍:纯属有病。

十足的疯子。

乐子与李尽生活了一段时间之后,越来越相信这话。

8.2

听了乐子对整件事的描述之后，李尽显得极其愤慨。他花了很长时间阐述了对胡半裸的愤怒，其中话题牵扯到美国、阿富汗以及中东难民，最后表示一定要杀了那个混蛋才能还世界一个公道。乐子因为才疏学浅，又没怎么看过电视，所以不太明白他究竟在说些什么，但有一点乐子可以肯定，李尽是一个学识渊博的人，不论什么话题，都可以引发他引经据典、滔滔不绝，犹如黄河之势的鸿篇大论。这是一方面，另一方面是他总是不合时宜，不管别人听懂与否就随时展开长篇累牍的论述。听不懂者必然会对其产生反感，乐子就是听不懂又没耐心听的一个。

乐子虽然讨厌李尽这一点，但瑕不掩瑜，李尽除了表达欲比较旺盛之外，其他的诸如人品气节还是非常让人钦佩的，这一点，从他一下捐给欢乐的归宿十万块就可以看出。

你怎么那么多钱？乐子问他。

李尽笑笑，我把家父写的稿子都卖给一个很出名的老作家了。那老小子才枯力竭，再也写不出书，拿着家父写的东西署上他的名字，出版后卖疯了。家父生前最大的愿望就是能出一本自己的书，可无奈四处投稿四处碰壁。现在我也算是帮他实现了愿望，虽然他的著作署的是别人名姓。

乐子听出李尽笑声中含着一丝苦涩，他还沉浸于对李尽慷慨解囊的感激之中，连忙安慰，没事，署谁的名字无所谓，重要的是你爸爸的思想能够传扬四方。

听了乐子的话李尽又莫名激动起来，感慨也跟着止不住了：乐兄所言极是，家父的作品是有思想有内涵的，对人是有启发有影响的。如果都看我爸爸的书，咱们全国都崇文尚武、忧国忧民，那该是怎样的面貌，如果都看我爸爸的书……

在李尽喋喋不休的论述中，乐子开始后悔刚才带有煽动性的劝慰。和李尽在一起的日子里，他的听觉系统逐渐麻木，他常常想，若是李尽是一个哑巴的话，那他无疑就是一个近乎完美的人了。

8.3 爱·患·真相

与叶子见面之前，乐子再三告诉李尽，叶子的脸会和他的想象有一定出入，千万勿要见怪。

李尽拍着胸脯表示，怎么会呢，再怎么说那是我弟妹，我怎么会嫌她长得怪呢，毕竟又不是我跟她睡……

乐子捂住他的嘴，两人一起跨进家门。乐子失算的是在门口把捂住他嘴的手松开了。

啊！虽事先已经有所准备，李尽仍然被突然出现在眼前的叶子吓了一跳，停留在视觉震撼中的他口不择言，大惊小怪道，我的天哪，这是人还是鬼啊，吓死我了。兄弟，就说绝非常人，也不至于弄个妖怪吧——

乐子没想到李尽反应这么大，赶紧捂住他的嘴。

叶子满心欢喜出来迎乐子进门，她听说乐子带回来一个大好人，一下就给欢乐的归宿捐了十万块，她比谁都清楚，十万块对欢乐的归宿意味着什么。为了与这个天大的好人见面，她还特地打扮了一番，掐了朵菜花别在头上。做这些的时候，她还不知这终究是徒劳无功的，正如她不知道自己将要见到的是大嘴李尽，一个会当面骂她丑的人。

虽然知道自己很丑，被人赤裸裸说出来还是难以接受，酸楚的眼泪再一次顺着受伤的脸流下来，叶子无法忍受李尽异样的目光，哭着跑回里屋。

李尽一口气说完对叶子的第一印象，正准备进一步探讨叶子已经哭哭啼啼跑走了，这才感觉到自己话说得太多了。他看着乐子一脸的无奈，不好意思地挠挠头，这，这个……我又胡说八道了，她生气了，你赶紧去劝劝吧，替我道个歉。

乐子走进来，叶子已经止住悲声，仍有眼泪残留在脸上。乐子走过去，轻轻擦去她脸上的泪珠。

别听他瞎说。乐子安慰叶子，他这人就这样，口没遮拦，见谁都说难看死了，难看死了，他爹就是让他这么气死的。不善幽默的乐子说着并不好笑的笑话。

要是平常，叶子听到乐子这么说，一定会很给面子地大笑，可今天没有。她把脸埋在两腿间，冷静地说，其实他说得很对，我是太难看了，和你在一起，我真的不配。是我拖累了你，你离开我吧，我不会怪你的。说完这些，她再也忍不住，又轻轻啜泣起来。

乐子把她搂在怀里，吻着她的头发说，我怎么会离开你呢？我喜欢你，像你喜欢我一样。不管别人怎么看，我都知道你的美，你的贤淑和善良。这才是最可贵的，不是吗？

叶子大哭，可是，我真的太丑了，谁见了我都这样说，我真的坚持不住了,我真不知道还能坚持到什么时候。

乐子对叶子的痛苦身同体受,他小时候,每个人看他的眼光都充满怜悯,他们或出于真心或装模作样连连叹气,没娘的孩子,可怜哇。乐子讨厌这些人这些话,他只想和别的孩子一样,出现在人前的时候,没有怜悯,没有拿腔作势,没有异样的目光。这又谈何容易呢,他和叶子都是异样的人,终究难逃异样的眼光。乐子在心里暗暗发誓,一定要让叶子过回正常人的生活,他对叶子说,你一定要坚持,坚持到我有钱给你做手术那天,你一定会重新恢复美丽。

听到乐子要给她做手术,叶子又哭了。她把头埋在乐子怀里,感受着让她安心的温暖。她知道,乐子是一个有情有义、说到做到的人。她也知道,乐子身上担子太重了,欢乐的归宿所有人的生活,如果再加上她的脸,恐怕会压垮乐子。她抹干眼泪对乐子说,不用,别想着给我做手术,只要你不嫌我丑,我就满足了。

乐子没再说话,他紧紧搂着叶子想,一定要想办法让她过回正常人的生活。

他们就这样整夜抱在一起,说了很多感动彼此的话。叶子在他的怀里沉沉睡去,那时他们正聊到种子,感慨这样的好日子若是种子也在该多好。

乐子站起来，到桌前记日记。这个习惯已经伴随他多年了，在找不到人倾诉的时候，他写在纸上。这是一个奇妙的过程，纸是最真诚的伴侣，字是所有疑虑的出口。字写在纸上，他就又完成了一次诉说，而听众，可以是心中的神，也可以是蛰伏的恶魔，不管是谁，只有自己知道。

乐子在日记中大骂李尽，怜惜叶子。熟睡的叶子说起了梦话，声音凄楚：姐姐，不要，我不是故意的，你不要死，我不是故意的……谁让你跟我抢乐子，谁让你……呜呜……

叶子哭了一会儿又安静了。乐子呆若木鸡，他一直对种子的死疑虑重重，可无论如何也不敢想是叶子。他握笔的手开始颤抖，强忍着没有叫醒叶子，毕竟他才是那个罪魁祸首。他握紧手中的笔，在洁白的纸上诉诸罪恶：杀死种子的人竟是叶子，种子在死去时仍然让我好好照顾叶子，这是一种怎样的爱呀，她深深爱着叶子，即使她杀了她。叶子则深深爱着我，甚至为此杀了最爱她的人。这爱的怪圈，我们被禁锢在这爱的怪圈里，无法解脱。原来爱也是这等危险的事啊……

……我不会揭穿叶子，我唯一能做的就是更加爱她，毕竟，她已经为我杀了自己最亲的人。

就让种子的死永远成为一个谜吧！写到这儿，乐子把这张纸撕了下来。

8.4

李尽来向叶子道歉，带上了欢乐的归宿所有孩子。这些孩子这么给他面子，不只是他让大家吃上了肉食，更多是出于对他的崇拜。

李尽树立形象的缘起是他百无聊赖时教了孩子们三拳两脚，这让大家趋之若鹜。他们一直以来都被称之为弱势群体，当有一个家伙先是给了他们钱，后又教了他们可以欺负人的招式，还对着他们一通慷慨激昂，他们就没有理由不相信他，以至于盲目崇拜他。李尽得到认可，更加卖力地教那些孩子，每天天不亮，欢乐的归宿传出阵阵口号声，天亮起来以后就可以看到一个参差不齐的队伍，趴着的，站着的，坐着的。这支队伍由大部分残疾少年和小部分弱智儿童以及为数不多的囫囵孩子组成。他们睁大眼睛看着李尽的一招一式，听着李尽说不尽的胡话，对李尽的崇拜又上了一个高度，在他们眼里，李尽就是一个劫富济贫的大侠（当然，他们并没有想到这么定位李尽会牵扯到那十万捐款的来路）。以刘芒和四大金刚为代表的囫囵少年更是把李尽当作了自己的偶像，并以他的成就为目标勤学苦练。一时间，欢乐的归宿变得生机勃勃。

只有那两个领了工资外加奖金的老师，在放下心石之后对李尽和那些孩子满怀担忧,摇头晃脑地说,疯了,疯了,未来是科技社会,武力有什么用呢?

　　李尽沉浸在被人认知与推崇的巨大喜悦中。这是一种怎样的感觉?无法形容。在陪着父亲被人骂了那么多年疯子之后,有一天突然有人,不,是有一群人,对他持仰望态度,并把他说的每一句话认真记下时,他彻底醉了——那种世人皆傻我独醉的醉,醉得七荤八素,随便一句恭维都能让他再醉几分。得意之余,李尽又开设了一门武侠课,将他爸爸曾经强硬灌输给他的武侠理念毫不吝啬地倾倒给这些孩子。于是这世上又多了几个把"乱世出英雄"奉为至理名言的人,这其中又有了几个想做乱世英雄的人物。他们整天都在讨论天下大乱的迹象,天下乱了之后又将怎样铲强扶弱,造福黎民。经过了几番激烈讨论,制定了几个安邦大计后,他们倦怠下来,开始觉得没几个意思。

　　那段日子,乐子没再去卖菜,也很少出来,他听说李尽深得人心,也很放心把孩子们交给他。他整日守在叶子身边。叶子的脾气变得越来越暴躁,夜里常说梦话,有时她从喊叫中醒来,问乐子自己说了什么。乐子淡淡笑着告诉她没说什么。

　　乐子总感觉自己被什么压得喘不过气,他知道,那是责任。他小心翼翼地照料叶子,一刻也不敢离开。这让李尽感到很愧疚，他一直以为是自己那些话伤害了叶子，连累了乐子，所以，他在被人称之为大侠之后，毅然决定要做大侠应做的事，勇于承认自己的不是，向叶子道歉。

李尽这个决定得到了众少年一致认可。他们更加推崇李尽，纷纷说他"大丈夫能屈能伸"，"大丈夫不拘小节"，"知错能改，善莫大焉"，"浪子回头金不换"，等等等等，把李尽这些天教会他们的话全拿来夸他了。

李尽得到孩子们的大力支持，更加得意忘形，以至于他忘了是来道歉的还是来领奖的。乐子搀着叶子出来，他看到叶子那张杀伤力巨大的脸，才想起自己的羞愧。

众目睽睽之下，李尽缓缓走向叶子，如同正走向一个强劲的对手，每一步都小心谨慎。他低着头，不敢看叶子的脸，说出早已练习了多遍的话：对不起，叶子姑娘，因为我一时的鲁莽，造成了你心灵的创伤，请你一定多多包涵。

叶子本来就对他们的突然到访不明所以，再加上李尽的话不知所云，她只能出于礼貌顺着李尽的话说下去：一定包涵，一定包涵。

李尽没有想到如此顺利，他高兴地说，那你原谅我了？

原谅什么？叶子依然茫然。

李尽的神经又遽然收紧，这可是在他众多的崇拜者面前。

他耐心地解释，原谅我前些日子对你说的话呀。

前些日子……对我说的话？叶子最近被噩梦搅得身心俱疲，实在想不起来李尽对她说过什么。

李尽见她想不起来，以为是故意不原谅自己，更加着急：就是我们第一次见面，我说你长得跟鬼似的那次，想起来了吗？

不出意外，这话再一次让叶子感到难过，好在经过这么多年的磨砺，又是在大庭广众之下，叶子强忍住没有让面部发生太大变化。她说，想起来了，不过我早忘了。

那你原谅我了吗？

我都没怪过你。你为欢乐的归宿做了那么大贡献，我谢你还来不及呢。

哪里哪里。李尽被夸得有点不好意思，得意之余，他又说起了自己的设想：我只是做了一些力所能及的事情而已。接下来我还想给咱们归宿接上电，让孩子们有电灯照，有电视看。

李尽信口开河的话倒是说到了乐子和孩子们的心窝里，每逢夜幕降临，欢乐的归宿陷入黑暗之中，乐子都在想，若是这里也能像外面那样灯火辉煌的话，那孩子们的生活就又向早已过去的20世纪迈出了一步。孩子们可以在电灯下写作业，看电视，甚至还能打电话，上厕所也不会老尿手脚了。

一听到李尽提出给欢乐的归宿通电，乐子立即表示赞同，太过激动的他忽略了需要的费用。他说，李尽，你说得对，好好干，尽快把这事给办了，因为没有电视看，孩子们少学不少知识呢。

众少年听说通了电有电视可看，纷纷举单双手赞成，实在没有手的，把脚都举起来了。今天的主题立刻发生变化，从给叶子道歉变成了给欢乐的归宿通电，众人各抒己见，激烈争论，展开丰富联想，进行了一番有电之后的文娱安排。

李尽没想到自己随口一说就引起那么大反响，更加认为自己有做大侠的潜质，当即宣誓，欢乐的归宿通电大业立即上马，所有人必须众志成城，随时待命。

8.5

大年初一,新年第一天。

在李尽的积极运作下,欢乐的归宿终于迎来光明。孩子们每间宿舍都装了电灯,大厂房还装了一台电视,大家聚集在电视机前,浑然忘我地看着。大部分残疾少年好多年没看过电视了,因为身体不便,自从来到这里就很少有机会出去。那些囫囵孩子和弱智儿童还好,可以四处走动,在街角也有电视看。对于外面的世界,残疾少年们只能在他们的描述中领略一二。

如今有了电视,再远的世界都能看到了,非洲的狮子、欧洲的群山、北极的冰雪,啥啥都有。看着看着就有人掉下了眼泪,哭出声来。也许他们并不单单是在看电视,屏幕里多彩的画面勾起回忆、亲友的相聚、有家的日子。——他们也曾躺在父母怀里,或坐在姐妹的身边,在洋溢着亲情的屋子里看电视。只有那些一出生就被抛弃的孩子由于没有回忆可供回忆,只能莫名其妙看着别人哭。可见不曾拥有也不见得是什么坏事。

总之,这是一个弥漫着悲伤的光明夜晚。

少年们满是泥垢的脸被泪水洗净,低低的啜泣像不明踪迹的蚊子。李尽摸不着头脑,他装好电正等着赞扬呢,没想到大伙儿只顾得哭了,没人理他。但这丝毫不影响他接下来的计划。

他带着刘芒和四大金刚忙着布置舞台，准备举办"第一届欢乐的归宿春节联欢晚会"，李尽能捐钱也能花钱，丝毫不在意这些庞大支出。

舞台设置在工厂仓库前的一个高坡上，他们把周边挂上了花花绿绿的彩灯，四个角放上音响。李尽对正在抬音响的刘芒说，今天晚会你准备出个什么节目？

节目？刘芒笑，我不会呀。

怎么能不会呢，李尽说，你都不起带头作用怎么行，你一定得演。

刘芒对李尽的话唯命是从，他应和，好好，我演，我演什么呢？

你唱歌。李尽说，这年头就流行个唱歌。

唱歌？刘芒说，我不会啊。

我不管，李尽说，不管什么歌你一定得唱一个，这是命令。他又对四大金刚说，你们几个，也出个节目。

夜幕降临，欢乐的归宿第一次在黑夜之中如此醒目。李尽把所有的孩子集中在舞台前，临时充当起主持人的角色，拿起麦克风报幕。乐子和叶子坐在孩子们中间，脸上挂着不太自然的笑，乐子没怎么经历过一堆人的狂欢，不太适应。他当然很开心，只是有些担忧，私下找到李尽问，干这些，得花多少钱啊？

李尽满不在乎地说，花钱算什么，大家高兴就行了。

现在是高兴了，以后没钱吃饭怎么办？

你以为光吃饱饭就行了，饱暖思淫欲懂不懂，他们现在需要的是精神食粮，不然要出乱子的你懂不懂？

乐子还想说什么，但看着少年们洋溢着笑容的脸，还是忍了下去。

他想，也许李尽说的对呢？

李尽拿着话筒上台，他知道主持人刚上台都会先来一段激动人心的话，于是也清清嗓子说了一段，由于掌握的书面语都是关于武侠的，在舞台上说出来显得有些不伦不类：诸位同仁，我们今日能在此相聚，只因一个缘字。俗话说有缘千里来相会，无缘对面不相识，同是天涯沦落人，相逢何必曾相识。诸位既然来了，就纵情玩乐吧，不要为今天忧，更不要为明天愁，天生我才必有用，人生得意须尽欢……

李尽在台上口若悬河，说得大家如坠云雾。孩子们很快就进入了平日上课的氛围，聚精会神听着，当他说到"天下兴亡，匹夫有责"时引发了互动，台下众少年高声应和，口号整齐划一，一听就知道平日里训练有素。

李尽得意地挥挥手，继续说道，今夜，我们就暂且不管天下的兴亡，好生的快活快活。说到这儿他摊开双手，示意掌声。

众少年纷纷鼓掌，只有一只手的猛拍大腿，一只手都没有的狠跺地面。

好！下面，我们就欣赏第一个节目，由四大金刚带来的《潇洒走一回》。

乐子皱了皱眉头，早就不让喊他们四大金刚了，李尽还这么叫。叶子依偎在乐子身边，她今天精神好了许多，看来李尽这个晚会还真有点作用，她对乐子说，《潇洒走一回》呀，我喜欢听。

四大金刚走上台，他们依次从不到十米的舞台走过，动作潇洒地走到另一边下了舞台。观众们很是迷惑，不知道他们为什么上台不到一分钟就下去了，都愣在那里，不知道节目有没有完，该不该鼓掌。

李尽也愣了好久才反应过来，他对着后台骂道，妈的，原来就是这么个潇洒走一回啊。

李尽赶紧报第二个节目缓解尴尬：好好好，这个节目短小精悍，了得了得。我们欣赏下一个，由刘芒带来时下最流行的歌曲《长恨歌》。

刘芒拘谨地走上台,忸怩好一会儿才开口,竟念起了白居易的诗,看来让他唱歌比念诗还难。他能背诵这么长的古诗,也让乐子安心不少,那两个老师也算没白请。

汉皇重色思倾国,御宇多年求不得。
杨家有女初长成,养在深闺人未识。
天生丽质难自弃,一朝选在君王侧。
回眸一笑百媚生,六宫粉黛无颜色。
……

李尽没想到又来一个滥竽充数的。刘芒明明告诉他要来一首《长恨歌》,没想到是诗歌。看来只能自己亲自出马了。他动情地说,好好好,风雅端庄,同样了得。下面就由我为大家唱首歌,这首歌就叫《幸福屯的幸福生活》。大家都知道我只喜欢民歌,民歌才有灵魂,那些个流行歌手在我看来都是垃圾……说到这儿他又忍不住一大段议论,众人在下面堵住耳朵以示抗议,乐子知道不打断他,一时半会不会停下来,下面喊,快唱呀,我们都等不及了。

李尽见有了期待的人,连忙掐了话头,拿起麦克风唱了起来:

狂风过后那整三天，春风吹进了幸福屯
小猴子在树上偷苹果，大黑熊在地里掰棒子
小孩子手举着棒棒糖，老头子点着了烟袋锅
观音菩萨正巧打天上过，不由得赞一声
"好一个幸福屯，好幸福的幸福家。"

老实说，李尽唱得真的不错，乐子虽然不知道这是哪里的民歌，也听得津津有味。在李尽幸福的歌声中，乐子又想起了蜕变成人，那些执着于自己所爱的人，虽然他们唱得并不比李尽好，但他们有很深的爱，有自己的坚持，这就足够了。愿意执着地坚持一件事，就已经很值得尊重了，不管做得好不好，只要一直做下去，不放弃，就值得尊重。一直在推崇武侠理念的李尽，一心想让孩子们过上"正常生活"的乐子，只唱自己的歌的小虫，都是。

李尽的歌声仍在继续。

幸福屯的幸福传八方，八方都爱幸福屯
菩萨也不去那蟠桃宴，幸福屯里当起了妈
牛郎早忘了那鹊桥会，开心做他的放牛娃

幸福屯里的幸福家，天上地下都在夸

　　嘹亮的唢呐声吹进了每个人的心，幸福的歌声让人忘却悲伤，好像从没有人历经悲伤，也从不曾有人埋怨命运不公，或许只是世界上人太多，掌管幸福的神忙得焦头烂额，还没顾上这块地方。于是就有了这首《幸福屯的幸福生活》，幸福之神先用歌声传福音，告诉大家幸福是存在的，并且幸福还会蔓延。

　　幸福屯里的幸福花，一直开放到天涯
　　沦落天涯的苦命人哪
　　快快回家，快快回家……

　　大家随口应和着李尽的歌声，忘情地挥舞着双手，只有一只手的挥舞着单手，没有手的摇晃着脑袋。好像真有那么一个幸福屯，不在乎身体的残缺，不在乎智力的高下，只要有一颗完整的心，就能感觉到幸福。

　　歌声与欢呼声在空中交汇，飘向未知的远方。附近出来扔垃圾的居民大吃一惊：那个被称之为乞丐窝的地方是不是闹鬼了？怎么突然就灯火辉煌了？

8.6

欢乐的归宿通电之后,这个被遗忘的地方终于引起了人们的注意。当人们在深夜之中突然看到这里的灯火,听到传出的欢呼,霍然惊觉,原来这里也存在一群会发声的生物。

这个重大发现让很多人惊喜不已,这其中就包括很多挖不到素材的记者。

这个平日里人们扔垃圾都嫌远的地方突然间门庭若市。记者蜂拥而至,争相来采访乐子。乐子怕自己上了新闻被胡半裸看见,再找到这里杀他灭口,麻烦可就大了,他差李尽去应付那帮记者,自己躲了起来。

李尽欣然接受了这个任务,对一个热衷于宣扬某种理念的人来说,有人举着话筒听他说话自然乐意之至。面对记者,他大谈侠者之道,对欢乐的归宿却言之寥寥,说不出所以然,这让记者们对他的神经是否有问题产生了怀疑,但见他能养活那么多残疾智障流浪儿,更多的还是钦佩。他们由衷地感慨,还是傻子力量大呀!

下面是李尽与记者的对话实录:

记者:您能简短地向我们介绍一下自己吗?

李尽:鄙人姓李名尽。我之所以叫李尽,是因为我想像李

小龙一样学尽天下绝学……(此处省略三千字)

记者:这里为什么叫"欢乐的归宿"?

李尽:所谓"欢乐的归宿"是指快乐的属地、人心的归籍。无论是谁来到这里,都会感觉到快乐,都会感觉到家的温暖。

记者:你是怎么想起帮助这些流浪儿的?

李尽:抛妻弃子,非君子之道;见死不救,非侠者之风。愿为侠者,又岂能见死不救?

记者:你救助这些孩子的初衷是什么?

李尽:抛妻弃子,乃十恶不赦之举;惩恶扬善,是义不容辞之事。愿为侠者,岂能不惩恶扬善?

记者(忍不住问):莫非你要找到这些孩子的父母,一一惩戒?

李尽:佛曰,意欲断其阴,不如断其心。我说,意欲惩其人,不如净其心。侠者之道,贵在其心,欲除恶,必净心。武力,最为人所不齿,武力,乃下下策。

记者(又一次偏离主题):您可真是见解独到,敢问你是哪所高校的学生?

李尽:学历不能代表修为,修为未必来自学历,我没有上过学。

记者（惊叹）：哇！没上过学就那么厉害，您为什么不上学呢？

李尽：……（至此省略所有记者和李尽与剧情无关的对话共计五万字。）

记者们和李尽探讨了一个下午，除了知道他叫李尽、自称大侠之外，再没有得到一点关于欢乐的归宿的线索。记者们很为难，他们整理录音发现，这段访问更像是一次学术访问，说是一群流浪儿的心声不免有些牵强。记者们失望而归，在他们看来，这里的人不是疯就是傻，是问不出来什么的，只能回去凭想象写一篇纪实报道了。

车辆纷纷离开，李尽清点现场，发现还剩下一个人。这个人不是想留下来继续采访，而是因为他没有车，估计走回去天也该亮了，他站在原地犹豫着。

李尽说，既然如此，你就留下休息一晚吧。

记者被安排在孩子们的宿舍里。他走进来时当然不会想到，就是在这间让他望而却步的小屋子里，他写出了一篇惊世骇俗的报道，并让他一跃成为纪实记者的偶像。

李尽当然也没想到，无意中挽留的这个记者，让他莫名其妙成了满世界通缉的逃犯。

首先介绍一下这次重大事件的制造者，也是这间宿舍的成员。

石头，这次事件的主要参与者，残疾少年中最健全的一位，只比常人少了三根手指头。这也造成了他一生的迷惑。他常常咬着手指头想，我和正常人也没多大差别呀，为什么爸爸妈妈就把我扔了呢？

刘产，这次事件的煽风者。据说他是母亲流产不彻底生下来的，生下来一看就扔了。身上零七八碎少得很严重，最完整的是他的头，长在头上的嘴一般只说一句话：就是就是。

柏货，智障儿。

陈眠，一直在睡觉。整个事件中只说过一句梦话，这句话起到了决定性作用。

事件回放：

记者进了宿舍，砖头一样硬的被子硌得他睡不着觉，他想，既然睡不着，就和这些孩子聊聊天吧，说不定还可以写成一篇感人肺腑的文章。他对正咬着手指头想心事的石头说：小弟弟，我能问你些事情吗？

石头：问吧。

记者：李尽对你们好吗？

石头（神情激动起来，一不小心咬破了手指）：当然好了，他教我们武功，给我们买好吃的，还给我们上课，和乐子哥哥一样好。

就是就是！一直在一旁流着口水的刘产点着头说。

哈哈哈哈。柏货一通大笑以示赞成。

记者擦了擦溅落在脸上的口水，继续问道：那李尽是一个什么样的人呢？

石头：他是一个劫富济贫的大侠，他的武功很高，可以飞檐走壁，他喜欢说话，他对每个人都很好。

刘产：就是就是！

柏货：哈哈哈哈……

记者：那他都怎样对人好了，也就是说他都为你们做过什么事？

石头：那多了去了，他一下就捐给我们十万块钱，十万块呀！你知道那是多少钱？能买多少馒头？他还给我们装电灯电视，他给我们花的钱多了去了。

刘产：就是就是！

柏货：哈哈哈哈……

记者：那他哪儿来的那么多钱，靠"劫富济贫"？

石头一时间没有理会记者的话，正犹豫着怎么回答。

刘产：就是就是！

柏货：哈哈哈哈……

记者：哦，怪不得他那么多钱呢。前些日子有个富商带着十万元钱失踪了，难道是我们的李大侠干的？

石头意识到事情的严重性，连忙说：这可不能乱说。

刘产：就是就是！

柏货：哈哈哈哈……

一直在睡觉的陈眠翻了个身，呢喃道：杀了他。

记者恍然大悟：原来如此。

石头不知说什么好。

刘产：就是就是！

柏货：哈哈哈哈……

陈眠又入了梦。

8.7

第二天，李尽出现在各大报纸，报上讲的都是李尽受尽磨难，为了欢乐的归宿吃苦耐劳诸如此类的话。只有一篇例外，就是那位曾留宿一晚的记者写的，他的报道把李尽和那个携十万现金走失的富商联系在一起，并分析得头头是道，下面是这篇报道的摘录：

> 据那里的孩子称，李尽是一个劫富济贫的大侠，能飞檐走壁，武功高强。他在不久前捐了十万元给那里的孩子，一个没有经济来源的年轻人，怎么会有那么多钱呢？劫富济贫？对！就是劫富济贫！据《有理无惧观察报》前不久报道的一则新闻称，皮鞋大王钱美勇携带十万元现金从自己的私家别墅走失，至今不见踪影。现在看来，他并非走失，而是李大侠飞檐走壁进入别墅，把他带走的。那钱美勇现在何处呢？那里的孩子也给出了答案，说李尽把他杀了。
>
> 李尽自称为大侠，而所有人都知道钱美勇为富不仁，曾多次殴打警察和记者。李尽以惩恶扬善为己任，在此我代表《天方夜谭大时报》向李尽先生致敬，也请李尽

尽快投案，给社会一个交代。（实习记者胡有理）

这则报道一经刊出，引起了社会各界的关注。最高兴的要数钱美勇的商业对头，其次是被钱美勇打过的警察和记者。最在意的是他的家属，为分家产打得不可开交。最关注的还是警方，他们看过这篇报道后马上找到了那个实习记者胡有理，问他是不是在胡说。胡有理表示自己是听欢乐的归宿的孩子们说的，千真万确。

警察又向欢乐的归宿扑去，却扑了个空，孩子们告诉他们，李尽进城庆贺自己登报去了。

警察留下一堆人马蹲伏在这里等李尽回来，又向城里扑去。

李尽回来已是凌晨两点，他手里提着没有吃完的烤鸭，刚进门就被警察们摁住了。他醉眼迷离地问怎么回事，一个警察跟他解释了半天，还给他看了逮捕令，这下李尽意识到了事情的严重性，一下子清醒了。他一把将摁着他的警察甩出去，把烤鸭扔到乐子门前，一溜烟跑了。

烤鸭砸在乐子门上，把正在做梦吃肉的乐子惊醒了。乐子打开门一看，是一只已经吃了一半的烤鸭，这让他更加迷惑，以为犹在梦里。乐子忧心忡忡地吃了口烤鸭，惦念起李尽，他回来了吗？他被抓了吗？

就在这时，警察跑了过来，他们对着乐子喊，放下烤鸭，举起手来！

乐子有些不明所以，他争辩道，烤鸭放地上还怎么吃？

别废话，快说，那个李大侠扔给你的是什么？是不是他杀人抢劫的罪证？

罪证？乐子举着烤鸭看了看。

把它给我。一个警察从乐子手里夺过烤鸭，几个人围在一起仔细查看，看了半天，除了发现烤鸭比较香之外一无所获。

乐子在旁边看着即将到嘴的鸭子被他们撕扯着，一阵心疼。他问那几个警察，你们是不是搞错了？他不会杀人的。

那他跑什么？你最好配合我们抓住他。

他真的是个好人。他虽然武功高强，但从不随便杀人。

他当然不是随便杀人，他是有预谋地劫富济贫。

警察们不再搭理乐子，觉得他可能也是个神经有病的家伙。他们在欢乐的归宿找了一圈，发现很难找到一个头脑清晰的人。最后他们把归宿里所有的孩子聚集起来，告诉他们，李尽是一个杀人犯，再看见李尽一定要通知他们。

孩子们听到这话就把他们轰了出来，把平时舍不得吃的鸡蛋毫不犹豫地扔向他们，孩子们一边扔一边骂，你才是杀人犯，你们才是……

8.8

李尽走了,没有消息。

孩子们的信仰丝毫没有动摇,他们坚信李尽不是坏人,不是杀人犯。他们期盼着李尽回来,不只是为了能再度吃上肉,他们怀念李尽带来的那段信心满满的日子。

没有了李尽的欢乐的归宿,一时间仿佛少了很多东西,物质、精神、快乐、寄托……

乐子坐在半截砖头上,看着漫天的乌云,他知道那后面藏着太阳。想起李尽,乐子满怀忧虑。李尽捐的十万块已经花得差不多了。花完了呢?没有了呢?还会有大侠来捐吗?甚至李尽这个大侠都很可疑!

乐子为此愁肠百结,他害怕刚刚衣食无忧的孩子们再次为三餐犯愁,害怕他们天真烂漫的脸因为吃不饱饭而愁眉不展,就在这时候,欢乐的归宿又迎来了一批新孩子。这对乐子来说,无疑是雪上加霜。

这些孩子是看到报纸慕名而来的。他们无论如何也想不到,会有一个这么好的地方,不但免费吃住,还让他们读书。

乐子看着这些一路风尘的孩子,他们中有不少是残疾人,没有手的，没有脚的，他们互相搀扶着站在乐子面前，满目期待。乐子的目光从他们每一个人脸上扫过，他看到熟悉的无助，他对他们说，欢乐的归宿欢迎你们。

乐子不忍拒绝。

乐子种了更多的野菜拿去卖，他想在李尽的捐款花完之前尽可能多攒点。

叶子说，不如我们种大烟吧，那东西值钱。

乐子不同意，他说，种大烟是犯法的，万一种好，孩子们偷着吃起来怎么办？

乐子就是这样，一切为了孩子着想，以至于忘记了自己还是个孩子。他不知道外面的同龄人都在干些什么，只知道他们都还是学生。他不知道他们都在上着一个叫"网"的东西，他也不知道他们都在追求一种叫作自由和叛逆的精神，他更不知道他们正试图摆脱教育，攻击教育，批判教育。他怎么会知道呢？他为之不懈奋斗的，人家生来就有，却又不想要。

这世道真奇怪。

乐子身处离奇的世界中，浑然不觉，为了得到人家不要的东西而努力，听起来跟个拾破烂的也差不多。

乐子又开始了忙碌的生活，每天天不亮就去城里卖菜。在街角的电视上，他又看到了胡半裸的消息，他更风光了，看起来也更有钱了,但乐子不敢再去找他。他知道,他斗不过他,躲着他才是安全的。

8.9

李尽被通缉了,全城的警察都在找他,但一直都没有找到。乐子每天都在为他祈祷,希望他能逃脱本不该撒向他的法网。

就在人们都在为丰厚的奖赏追击李尽的时候,他又出现了,他是专程来向乐子道别的。

李尽再次出现的那天夜里,月黑风高,没有星星,他觉得这种天气很适合他的出场,意境也符合他的身份。他从下水道钻出来,往欢乐的归宿飞奔而来——很遗憾,他并不会飞檐走壁,但身上冒着臭气也不失为一种大侠的浪漫。他认为不辞而别让人担心是很不道德的事情,不是一个大侠的行径。为了说一句再见,他不惜以身犯险。

你来了。李尽背对着乐子说,这句话本该乐子说的,他怕乐子忙着问他的状况破坏了氛围,只好自己先说了出来。

果然,乐子没有李尽所要的那种侠者相见不问出处的意识,他迫不及待地问李尽,你这些天到哪儿去了?警察都在找你,你还回来干什么,赶紧跑吧。

我为什么要跑,我又没有杀人。

可是没人相信你呀,现在所有人都认为那个富翁是你杀的。

不做亏心事,不怕鬼敲门,我不怕他们。李尽倔强地说。

你不怕,那你还躲什么?乐子忍不住说。

我不怕,并不代表我不躲。和那些人是没有道理可讲的,不能讲道理,那还是躲起来省事。

乐子对李尽这些狗屁道理嗤之以鼻,他说不赢李尽,懒得和他纠缠,他催他,那你就赶快跑吧。

李尽显然对"跑"这个字很反感,他皱着眉说,是走,不是跑,我是急流勇退,避其锋芒。真相总会大白于天下,沉冤昭雪之时,就是我重出江湖之日。

那你要跑——要走到哪里去?

一个需要我的地方。

哪儿?

西藏。听说那里有几个和尚不老实,我决定去会会他们。

乐子很赞成,在那里被抓住的概率会比较小。他连忙奉承李尽,好,到那里好,那里需要你这样的英雄。

李尽最怕被人夸,一夸他就犯晕。乐子的鼓励坚定了他的信念,他豪气干云地说,我知道,在那个需要我的地方,我一定会闯出一番名堂,风萧萧兮易水寒,我这一去不知何时还,贤弟,我们有缘再见。

他第一次把话说那么干脆,没给乐子答话的余地,一跃而起，消失在茫茫夜色中。

乐子知道他在刻意追求他爸爸书中的意境，没有怪他，只是呆呆看着李尽消失的方向，怅然若失。

李尽去了西藏，乐子没有告诉任何人。他想，这件事情，一定要保密，不能对任何人讲，特别是那些喜欢钱的，毕竟，李尽现在很值钱。他观察了一圈，发现所有人都喜欢钱，包括他自己，所以他决定谁也不告诉，至于自己，既然知道了，就早些忘了吧。

九　大侠离开之后

9.1

欢乐的归宿越来越困难，还时常有孩子来投奔。乐子想，我再多种一点野菜，多干一些活，一定能应付得来。随着时间推移，他不得不承认，自己一个人的力量实在有限。

两个老师也向乐子提出了辞呈，他们私下讨论一番，认为乐子付不起他们工资是必然的，所以选择和李尽一样急流勇退，到更需要他们的地方去了。

乐子知道无法挽留，给他们弄了一个欢送会，孩子们分成两排，一起唱两位老师教他们的《国际歌》：起来 / 饥寒交迫的奴隶 / 起来 / 全世界受苦的人 / 满腔的热血已经沸腾 / 要为真理而斗争 / 旧世界打个落花流水 / 奴隶们起来起来 / 不要说我们一无所有 / 我们要做天下的主人……

用这歌送行有些奇怪，但老师只教过这一首。两位老师在

《国际歌》声中惶恐地走出欢乐的归宿，他们看着孩子们流着泪的脏兮兮的脸，没敢说再见。

待他们走远，孩子们再也忍不住，放声大哭起来。他们问乐子，为什么连老师也要走，为什么所有人都要抛弃他们。

乐子没有哭，也没有说话。对于抛弃，他也不知道答案。老师走了，孩子们没有人教了。还好他们有书，可以自学。

孩子们请求乐子，让他们干活吧。只靠乐子自己，是养活不了欢乐的归宿那么多人的。乐子沉思良久，他矛盾极了。当初接管这里时，他曾信誓旦旦说过，要让大家过上好日子，要让他们读书。真正去做，才发现有多难。他不甘就这样输给命运。他坚定地说，你们不要干活，等你们再强大些，自然有活找你们干，我会再给你们找个老师的，找一个不会轻易抛弃的老师。

孩子们抱在一起，泪流千万行。

乐子为找老师一筹莫展之际，几个年轻的大学生找上门，主动要给孩子们当老师。乐子看着这些青春洋溢的青年，恍然如梦，他们多美好啊。

那天一共来了三个大学生，两女一男。男的叫刘风善，戴一副眼镜，文质彬彬的样子。高一点的女孩叫唐醇，稍矮一点长得很好看的叫朱宝。

你好，乐子先生，我叫朱宝。朱宝向乐子这样介绍自己。

乐子第一次被人称为先生，不好意思地笑，朱宝，这个名字好，珠光宝气嘛。

朱宝笑笑，我们在报上看到你们这里的困难，想尽一些绵薄之力帮帮忙。

你们为什么要帮我们呢？乐子从来到这个城市就被人多次利用，对声称要帮助他的人多少有些防范。

因为我们是志愿者。刘风善说。

志愿者？乐子更加疑惑，什么是志愿者？我知道乙肝携带者，我们有个邻居就是，说很难治呢。志愿者是什么病，你们得赶紧治啊。

刘风善笑笑，他怎么知道乐子知识缺口太大，以为带"者"的就是有病的，他以为乐子在耍幽默，也幽默地回答：乐先生说笑了，我们的病不用治，我们这病是好病，就是爱帮助个人，帮助了别人，我们的病也就好了。

你们骗人！乐子立刻警惕起来：哪有这样的病。

天下兴亡匹夫有责，刘风善说，只要天下还有需要帮助的人，我们的病就好不了。让我们帮助您吧，帮助了您，也治好了我们的病，一举两得。

乐子完全听不懂他在说什么,他更加认为这个油腔滑调的家伙不是什么好人,一定是另有企图。

朱宝见刘风善越说越乱,她对乐子说,别听他瞎说,我们没有病,志愿者就是自愿帮助弱势群体、不求回报的人,只要愿意,谁都可以是志愿者,就像您,我觉得您也是志愿者。

美女的亲和力永远都是最强的,朱宝的话乐子依然不太明白,可在她柔和的语调中,他立即就否定了他们是坏人的想法。他问朱宝,那你们要怎么帮助我们呢?乐子心想,怎么只是几个学生来帮助我们,学生不好好学习还能干什么,像胡半裸那样的有钱人怎么不来帮助我们?想到胡半裸,他马上就想通了,胡半裸不来祸害他,就已经是大发善心,对世界天大的帮助了。

朱宝回答乐子,那就看你需要我们做什么了。

乐子心想我只需要钱,嘴上却说,我实在不知道你们能做什么。

这句话从某种角度来听会有一点讽刺的意味,我们的大学生果然没白受教育,三人都听到了这一丝讽刺。一直沉默不语的唐醇说,我们能做的多了,我们有知识,有文化,有青春,有活力,你们不能做的我们都能做。

这句话无论从什么角度都能听出来讽刺,可我们的乐子就是没听出来,他十分赞成地点头,感叹道,是啊,我们这里的人就是缺少知识呀,既然你们是大学生,又愿意帮助我们,那就给这里的孩子做老师吧。

好啊。三人异口同声地回答,显然做老师是他们最理想的事情。

那太谢谢你们了。乐子鞠躬致谢。

不用客气,能为这些孩子做些事情,我们也很荣幸。朱宝微笑着对乐子说。

乐子不敢再看她美丽的脸,对她说,走吧,我带你们去熟悉一下孩子们。

9.2

孩子们又有了老师,还是风华正茂的大学生。三个大学生轮换着每天上午 11 点来上课,下午 4 点钟回家。乐子给了四大金刚一个任务,让他们监视大家学习。

乐子和叶子在野菜地里听着孩子们朗朗的读书声,虽然很累,心里还是很高兴。乐子一边给野菜上肥一边对叶子说,听,他们读得多大声。

叶子点头赞同,是啊,那些大学生真好。

所以,你要给人家多弄点好吃的,别老馒头咸菜的。

我是想弄呀,可咱们实在是没钱了,现在馒头咸菜都不太够了。

乐子重重叹了口气,不再说话。他们的谈话,对未来的憧憬,总是在谈到钱时夭折。乐子也不敢再提叶子的整容手术,连吃饭都成问题,哪还管得了长相。

铁板一块的现实,没有做梦的空隙。

他们沉默地侍弄着野菜,朱宝上完课走过来。

你们在干什么呢?她离很远就打招呼。

叶子看她走过来,眼中闪过一丝敌意。她的脸被烫伤后就一直不喜欢接触女人,和乐子在一起后,看哪个女人都觉得是来跟她抢乐子的。

浇菜呢。乐子回答朱宝。

你会得可真多。朱宝蹦跶着来到乐子身边,她捏着鼻子说,怎么这么臭呀,浇上这些还能吃吗?

乐子讪笑,一时间不知道怎么解释。他总不能告诉朱宝,这些自己不吃,是卖给别人吃的吧!他想大学生都是思想境界高的人,这么说一定会遭到朱宝的鄙视。

朱宝也不计较,她自顾自地说,哦,这是卖的吧,对,卖的东西就要弄壮点,重称。

乐子笑笑,岔开话题说,感觉辛苦吗?

朱宝摇头,不辛苦,在这里很有意义,这些孩子在以后都有可能有所作为,不学习的话可就荒废了。

乐子点头,是呀,他们命太苦了,我就想能不能让他们也过上普通孩子一样的生活。

朱宝说,你的想法很好,可是很难实现。一只母鸡只能孵一窝蛋,这么多的蛋,没有母鸡怎么办。

听了朱宝的话,乐子黯然神伤,那天他们聊了很多。朱宝用客官(不是别字,就是客官,客观的客官)的眼光,把残酷的现实在乐子面前摊开,乐子听着朱宝冷静的分析,越来越灰心,他想,自己的坚持,究竟有多大意义呢?

乐子越想越不明白，他逼迫自己一直想一直想，最后终于惊奇地说服了自己，坚持可能没有意义，但有没有意义是一回事，坚持不坚持又是一回事，不能因为一回事而放弃另一回事，如果因为坚持没有意义就不再坚持，那可就真的什么意义都没有了。

他决定坚持到底。

下决定是很容易的事，付诸现实又是另一回事。还好乐子从小吃苦，对辛劳的生活早就免疫了。因为卖野菜实在养活不了那么多人，乐子决定每天卖完菜后在市里擦皮鞋。选择擦皮鞋这个行当，是因为其投资小，容易做，也不需要什么技术。

有很长一段时间，乐子过着早出晚归的生活，早上把菜卖完，吃一个叶子给他带的馒头，去步行街给人擦皮鞋。步行街的脚步从不曾停下，乐子坐在马路边，看着眼前走动的脚，只要是皮鞋他就高兴。好的时候他一天能擦五十多双鞋，再加上卖菜所得，每天能收入200多块。饶是如此，钱依然将将够用。

乐子天天都提心吊胆的，害怕哪天穿皮鞋出门的人少了，擦不了那么多，孩子们就得饿肚子。事情证明他的担心不无道理，这天，欢乐的归宿就揭不开锅了。叶子拿着最后一个馒头对乐子说，没钱买面了，就剩下这一个馒头。

乐子难过地闭上眼。

叶子说，你吃吧。

我不吃。

你吃吧。

我不吃！乐子第一次对叶子发火，孩子们都没有吃，我怎么吃得下。

叶子哭了，你怎么能不吃呢，你吃饱了才能去给我们弄吃的呀，快吃吧，吃完我和你一起去擦皮鞋。

乐子苦笑，下雨了，擦不了皮鞋。

叶子不再说话，撑着漏雨的破伞去外面挖野菜。

乐子坐在残破的门槛上，望着漫天淫雨，长时间沉默，他在想，还有什么比擦皮鞋卖野菜来钱更快，更容易更多呢？

乐子开始迫切地寻找能够弄到钱的事情。他频繁混迹于有钱人多的地方，并单纯地以为有钱人多的地方钱就多，钱多了钱就好赚得多。可事实并非想象得那么简单，在这钱能埋人的地方，他却更加赚不到钱。擦完皮鞋却没有人给钱，人家还以为他这是酒店提供的免费服务呢。乐子刚要理论，就被扔了出来。

欢乐的归宿情况越来越危急，以前一个星期最多有八次吃不上饭，而现在，能吃上八次饭就不错了。孩子们一个个面黄肌瘦，乐子心痛如绞，那些孩子也懂事，没有一个人喊饿。三个大学生虽然也捐了不少物资，可对于欢乐的归宿无异于杯水车薪。

十　又见小虫

10.1

吃不饱饭的日子，乐子束紧腰带在城里溜达。他到处寻找能弄到钱的机会，睁着一双不是很大的眼睛，神经兮兮盯着每一个路人或者路灯以及天地间的一切看，他想要看见机会，可问题在于他并不知道机会长什么样，就算看见恐怕也难以把握。

在又一个空腹的午后，他看见了两个善于把握机会的人——他的老朋友，蜕变成人的队长小虫和他的女人知了。那天乐子又一次给人擦完皮鞋没有要到钱，心里十分窝火。那人用被乐子擦得锃亮的皮鞋把他踹倒在地，大步流星走开。乐子趴在地上好大一会儿没爬起来，太饿了，他没有力气追上去。然后怪事就发生了，乐子先是听到一声巨响，接着就看到那个刚刚还凶横霸道的家伙被扔在眼前。他抬起头，看到两张熟悉的脸，彪悍的是小虫，美丽的是知了。

小虫脚踩在那人头上，一脸微笑地看着乐子。

乐子慌张地说，别弄他呀，他有钱，他是有钱人！

小虫不屑地笑，钱算个屁，钱在我眼里就是狗屎，有钱人就是揣着狗屎的人。

乐子对他这个看法不太苟同，若是有钱人揣的都是狗屎，那也是香的狗屎，不然怎么没一个人嫌弃呢，最起码，欢乐的归宿还等着这些狗屎下锅呢。

小虫强行让那人给乐子道了歉，塞给乐子一些狗屎之后放他离开。

真香。

空无一人的饭馆，热气蒸腾，乐子和小虫、知了坐在一起。

乐子喝下一碗汤，问小虫，小虫，这些日子你都去哪儿了？到处都找不到你。

我现在不叫小虫了。小虫喝下一杯酒冷冷地说。

哦，那你叫什么？乐子又吃光一碗面。

叫我七寸。

七寸？什么意思？

一种毒蛇。

哦，乐子恍然大悟，你把你的名字改得更凶险了。

乐子又剥开了一个鸡蛋。

没办法，身不由己。

乐子对这个说法不太满意，改个名字还身不由己？他又问知了，你也改名字了？

知了点头。

叫什么？

蝎子。

蝎子？这个我知道，也有毒。

是啊，七寸点着一根烟说，这年头，不毒活不下去啊。

乐子一脸迷茫，他看着如今的七寸和蝎子，不明白为什么一年之间他们从温顺的小动物变成身有剧毒的冷血一族，看来他们今生是很难蜕变成人了。

现在在干什么，还搞音乐呢？乐子终于吃空了桌上所有的盘子，擦擦嘴问道。

音乐？七寸的笑又苦又冷又不屑，音乐不是人干的事，懂音乐的搞不了音乐，不懂音乐的都搞成了，那还叫音乐吗？

乐子听不懂他的音乐理论，就像听不懂李尽的武侠论一样。

别说我们了，你呢？你不是被那富婆包了吗，怎么现在那么落魄。

乐子叹了口气，把欢乐的归宿的事和盘托出，最后他满腹愁苦地说，我是真的想帮助那些孩子，可实在是太难了。

七寸耐心听乐子讲完，他很不理解乐子的想法，也听不懂乐子的孩子论。他没有说乐子脑子不正常，他知道，每个人都有所坚持，就像他对音乐的坚持一样，乐子是对孩子坚持。自己的坚持已经放弃，乐子的坚持仍在坚持。他对乐子很钦佩，不愧是能听懂蜕变成人的人，他决定帮助乐子。

这么说，你和你那个什么归宿现在最缺的就是钱了。

要是再没钱，我们就只有活活饿死了。

七寸从随身带着的皮包里掏出一打钞票，递给乐子，这些你先拿着用。

见七寸出手如此阔绰，乐子没有拒绝。他用随身携带的塑料袋把钱反反复复裹起来，问七寸，你现在怎么那么有钱，干什么呢、也带带我吧。

七寸犹豫一下，他刚刚一直在躲避这个问题，不知道是否应该告诉乐子，这个……我做的事情不太方便在这种场合说出来。

乐子有点生气，他觉得这是七寸发了财不愿意告诉他。他央求七寸，有什么不方便的，你就告诉我吧，有赚钱的事不带着朋友一起干，你真没义气。

什么，我没义气？七寸最怕人说他没有义气，被乐子一激，他不顾一切地说了出来,那好,我就告诉你,干不干由你。

我怎么会不干呢,能弄到钱我就干。你快说,做什么能赚那么多钱。

杀手。为了制造气氛,七寸压低了声音阴森森地说。

杀手!乐子吓了一跳,本能地向后靠了靠。

对,杀手。看着乐子的反应,七寸有些得意,就是专门替人杀人的人。怎么样,你还愿意干吗?

乐子突然笑了,哈哈哈,杀手?就你们,还杀手,骗谁呢。

信不信由你。

乐子突然又伤心起来,你们真的做了杀手,你们为什么要做杀手?

七寸和蝎子都没有说话。

你们怎么能去杀人呢?你们怎么下得去手呢?

怎么下不了手,蝎子忍不住说,这世上很多人都该死。杀人就像为庄稼除害虫一样,是一件公益事业。更何况,杀一个人的广大受益人中最大受益人除了雇主就是我们了,能在一件公益事业中担当这么重要的角色,是多大的荣誉。

乐子一时语塞,虽然他对蝎子"杀人是公益事业"的说法嗤之以鼻,可近期的遭遇让他找不到话反驳。

七寸见他平时用来糊弄蝎子的话又被蝎子拿来糊弄乐子,

感觉很满意，一时间挑起了他的征服欲，他趁着乐子犹豫不决之时加大了糊弄力度，重要的不是我们做了好事，也不是我们做了好事不留名，而是我们做了好事又能得到丰厚的报酬，这才是真正的好事。

七寸显然是摸到了乐子的软肋，果然，乐子在听到报酬的时候眼睛一亮，他情不自禁地问，那杀一个人能得到多少报酬呢？

七寸伸出手说，因人而异，不过最低也是这个数，像我们这次接到的是个大活，十五万。

十五万！乐子惊得张大了嘴巴。十五万呢！够欢乐的归宿将近一年的费用。再多一个十五万就能给叶子做整容手术，恢复叶子的美丽，让她重新过上正常的日子。乐子在美好的幻想中陷入沉思，在沉思中陷入了泥潭，在泥潭中陷入了沼泽……沼泽再往下陷，恐怕就得是地狱了吧。

干吗？七寸问乐子。

乐子犹豫着不知道怎么回答。

这个活不好干，你要是干的话，我们三个人每人分五万。七寸是铁了心要拉乐子下水。

乐子自言自语，我怎么能去杀人呢，杀人可是犯罪呀。

你不是已经杀过人了吗，你杀那个刘浪的时候怎么没有想到是犯罪呢?

我那不是故意的。

什么是故意的,什么不是故意的?如果你心里没有杀他的想法,他是不会死的。你当初杀了他一个人,解放了那里那么多人,现在你再杀一个人,就又可以救很多人。算下来,世界上死了一个该死的人,活了那么多该活的人,这是一件多好的事。你要是不杀他,别人还是会杀他的,他终究是要死的,死在你手上,就可以让你在意的人活下来,这可是一箭多雕的好事情。你想想,我说得对不对。

乐子不再说话。他的心里矛盾极了,七寸的话像一把利剑,深深地刺入他的心脏,并开始在里面横冲直撞,攻城略地。

还有……七寸还想继续蛊惑人心。

别说了。乐子粗暴地打断他,让我好好想想。

那好,你好好想想吧。七寸的语气柔和下来,他能理解乐子此时的心情,毕竟他曾经也有过。他对乐子说,别考虑太久,我们还有五天时间就要交货了,我已经收了雇主的定金,就是刚刚给你的那些。

乐子不再说话,他开始喝酒,不停地喝。

那天他喝了很多,他已经很久没有喝过那么多酒了。与七寸和蝎子分手时,他已经不能走路,七寸给他拦了一辆出租车。

10.2

出租车司机问乐子，到哪儿？

欢乐的归宿。

欢乐的归宿？什么地方？司机回头看着这个醉鬼。

乐子这才反应过来，毕竟欢乐的归宿还没被画上地图，还没有被广大人民所认知，也就是说，欢乐的归宿并不存在于人间。

车在路上疯跑，乐子吐得到处都是。吐着吐着，乐子突然想到，叶子和那些孩子还没有吃到饭呢！

乐子叫司机停下，把七寸给他的钱抽出一张给他，让他帮他去买饭。

司机让乐子下车先吐着，他去买饭。

乐子谢过司机，趴在马路上再也吐不出来。他坐在路边等司机回来，很快睡着了。不知过了多久，他被一泡尿憋醒，迷迷糊糊起来把事解决了。一阵冷风吹来，他打了个寒噤，这才猛然想起，司机呢？！

他连忙翻了翻破烂上衣的口袋，七寸给他的钱已经没了踪影。

他趴在地上又吐起来，口水、眼泪、鼻涕一起流了出来，止不住了,完了。

他一路骂骂咧咧地走回去,直到见到叶子时还再骂,都他妈该死,都该杀!

第二天酒醒之后乐子发现了一个重大问题——刘芒又带着十二个扒子手去偷了一次东西,这让他大为恼火。

刘芒拒不承认,但他油乎乎的嘴巴和吃得滚圆的肚子暴露了他。也怪他们饿得太久,所以在偷到吃的之后无法把握肚子,以至于被乐子轻易发现。

在别的孩子都饿得站不起来的时候,这几个家伙却又一次重蹈覆辙,并撑得消化不良,这让乐子十分气愤,他声色俱厉地责怪刘芒。刘芒竟然公然反驳乐子,并说得振振有词,让乐子无言以对。

刘芒的话简短有力,他说,你养活不起我们,还要求我们高尚,高尚能填饱肚子吗,不偷谁给我们吃的,谁让我们活?

乐子哑口无言。

乐子解释不出谁能让他们活,刘芒等人更加认定了只有偷才能让他们活,随着饿意的蔓延,越来越多的孩子认同了这个观点。

想到孩子们纯洁的手因为饥饿插入别人的口袋,乐子的心开始往下沉……一直往下沉,好像总也沉不到底。沉啊沉,这心底的坑到底有多深，这样那样沉，却沉不到尽头。

乐子控制不了事态的发展了。他想起刘浪在时孩子们还有口饭吃，可到他手里，连吃饭都变成了奢望。曾经豪气干云、口口声声说要让孩子们过上正常人的生活，并为此不懈努力，如今这一切的努力与坚持都付诸东流，他终于悲哀地意识到自己一个人的力量有多渺小，渺小到什么都改变不了。

乐子最终还是答应了七寸。在那个静寂的下午，欢乐的归宿变得空空荡荡，没有一个孩子愿意留在这里挨饿，连那些残疾少年都爬到外面找吃的了。乐子让七寸过来找他，并让他带些吃的。他在电话里说，越多越好。不是他耍大牌，是他实在走不动道了。

七寸来的时候，很多孩子也爬了回来，他们大多没有找到吃的，趴在地上苟延残喘。乐子把七寸带来的食物分给大家，已经饿得没有力气的他们两眼放光，转瞬就把乐子手中的食物哄抢一空。乐子看着空空如也的双手，开始后悔没有事先留一份给自己。

七寸看见刚才的情景，不禁质问乐子，你就是为这群废人糟蹋自己？

乐子对他口中的"废人"很反感，他反驳道，你怎么知道他们是废人，偷不到东西就是废人了吗？你杀人你就不废了？

七寸见乐子神情激动，不敢在这个问题上多做停留，他问他，你想好了吗？

想好了。

长久的沉默。

干！

听到乐子说干，七寸突然感到一阵失落。他先前是因为自己的落水，心有不甘，才引诱乐子，想不到乐子也经受不住诱惑，这让他更加坚定了"世上无好人，只怕有欲望"的看法。他抱紧乐子的肩膀哈哈大笑，大声说，好，干！

屋里充斥着刺耳的笑声，没有人发现，一丝淫邪嵌入内心。

画外音

乐子这本日记被我翻到了最后一页。在上传下一本之前，我想简单说一下我的感受。在此之前我一直没有掺杂过一丝个人观念，为了确保日记的原汁原味，我只是修改了一些语病和错字。我想把一个真真切切的乐子呈现给大家——通过他的日记。

首先要说明，乐子的日记一共是三本。其中两本是乐子写的关于自己从离家出走到被捕入狱这段时间内的遭遇，也就是我们这部小说的主脉（持续时间从2006年3月到2010年5月，一共是三年零八个月）。另外一本更像是人物小传，记载着欢乐的归宿七十六个孩子的详细情况，以及波及他们命运的故事。由于我把这部小说的题名定为《乐事》，为了不让读者受到过多侵扰，那本记录着众多孩子命运的日记将不会在这里出现，尽管他们之中很多人比乐子更有可塑性，由于笔法大不相同，那一个本子的内容或许更适合在日后单独拿出来考证前两本的内容。

值得商榷的是乐子日记的性质。其中记述的一切都是真的吗？乐子写日记的本意是要记下所有真实的经历吗？还是说，只是在抒发心中的真实，或者干脆就是一个少年的臆想？据我所知，乐子的真实经历并没有那么传奇，他的确少年离家去广州闯荡，也确实在三年零八个月之后被捕入狱，因为故意杀人被判死刑，但真实的案件看起来要简单得多。他在三年时间做了很多工作，进厂做流水线工人，当餐厅服务员，送快递，做KTV侍应、酒吧保安。做得最久的一份工作是垃圾站的质检员，这份工作的主要内容是检验垃圾的价值，过秤收货。在垃圾站里他爱上了一个女孩，这个女孩有男友，因为长期被男友打骂，分手后又遭纠缠，女孩求助于乐子，乐子在帮助女孩的过程中失控，最终采取极端手段杀了那个男孩。这起案件恐怕连情杀都算不上，毕竟自始至终那个女孩也没有对乐子表达过爱慕。日记持续时期，乐子的生活细节我不甚了解，他是否真的遇见过日记里的这些人也无从考证，唯一可以确定的是，他一直在坚持写日记，直到被捕入狱的前一天。

然后我简单说下对乐子日记的个人看法。首先我们要弄明白乐子的情况，这一点他在日记中没有提到（他从不喜欢过分刻画人物——特别是一个"身负重伤"的人物）。乐子的受教育程度是小学刚毕业,中学只上过两个星期。这样的受教育程度可以说是勉强认识字,没有学过系统的写作和文学知识,也许他在写作时也没有想过文学之类的问题,更不会运用任何的写作技巧,或许他本能地使用了一些技巧,但自己并不知情。了解这些,或许我们可以更容易理解这份日记,以及日记中展现给我们的故事。

看过之后你可能会有同感,乐子在用一种奇特的方式向你倾诉。他无意让你明白什么,或许他怕你明白之后会太过悲伤,或许他自己都不明白。他只是倾诉,不在乎听众,或许他从没想过会被别人看到,他只是在对自己倾诉。

乐子的笔调是一种自我摧残的戏谑,这是我的感受,或许他自己都没意识到自己在用怎样的一种方式叙述。他对事情的描述总是刻意地避免悲伤,他想把所有事情都喜剧化——包括苦难和灾祸,也许这是他逗笑自己的一种方式吧。遗憾的是他做得并不好,可能因为他本身就是个没有底蕴的文盲吧,在奋力追求幽默的叙述中,悲伤还是在不经意中流露出来。当写作触及神经,或许他也无法把握。我们可以看出来,在乐子走进欢乐的归宿之后,他很难再幽默起来,尽管他一直在努力,尽管他刻意地称呼那里的残疾少年为"缺胳膊少腿的人",还是无法让人觉得好笑，只会让人更加心痛——为那些"缺胳膊少腿的人"，也为乐子。

我以上上传的篇幅，都是乐子日记中第一本的内容。这些日记写在厚厚一沓建筑用纸上，应该是乐子用垃圾收购站收集的废纸写成，由于乐子写日记的随性和纸张太过散乱，我整理了很久。乐子也没有良好的整理习惯，日记时写日期时不写，我只能按照自己理解的顺序编辑。接下来我将呈现乐子的第二本日记，这是距离乐子被捕入狱只有一年零两个月之中所发生的事情，也就是乐子成为杀手之后的事情。

接下来，就让我们一起窥探一个为了救人而杀人的人是如何杀人的吧。

* 第二本 杀手 *

材　　质：小学算术本
字　　数：37977 字
持续时间：2009 年 3 月—2010 年 5 月
记　述　者：乐子
编辑整理：郑在

一　杀手

有些人，注定是要死的……

——摘自乐子日记的扉页

1.1

七寸把"准被杀人"的照片放在桌上。

乐子拿起来看了看，是个漂亮的女人，很年轻，还没到该死的年龄。

我们为什么要杀她？很显然，乐子觉得这个女人不该死。

因为我们能得到十五万。七寸的回答很冷，他在刻意追求传统意义上杀手应有的口吻。

乐子对这个回答很不满意,他觉得这是在放屁,他想知道这个女孩为什么该死,如果她真的该死,乐子才能心安理得地去杀她。

七寸看出乐子的不悦,他跳脱杀手的身份,解释说,我们没有必要知道猎物为什么该死,雇主也不会告诉我们,我们只管杀人,雇主只管给钱,没有深入沟通的必要。

听了七寸的话,乐子才真正意识到,所谓的杀手,就是在没有任何理由的情况下意志坚定地去杀一个人。乐子为又发现一个傻蛋疯子之类的近义词而感到难过,事到如今,也管不了这么多了,毕竟,疯子杀人是不犯法的。

杀个女人,有那么难吗?乐子对七寸先前称此为"大活"产生质疑。

这个女人可没有你想得那么简单!七寸神情严肃地说,她不但智谋出众,身手也很了得,她早年在韩国做过舞蹈老师,身段比蛇都灵活。

是的,蝎子附和道,要不然杀她的佣金怎么会这么高?业界很多人都不敢接这个活。

那你们打算怎么让她死?乐子问七寸,他只想快些拿钱。

七寸突然改变话题,他对乐子说,怎么杀她先不着急,当务之急是给你取个名字。

什么名字？

杀手的名字！

为什么要取名字？

这样方便管理。忘了告诉你，我们这是一个杀手组织，叫作百毒会。我们有一个共同的经理人，他负责给我们联络客源。他管理着我们，为了方便分派任务，入会的人必须要有一个杀手的名字，我们叫"百毒会"，每一个会员的名字必须是一个毒物。

听了七寸的话，乐子有一种受骗的感觉，自己就这么稀里糊涂地进入了一个神秘组织。为了钱，他没做任何表示，他淡淡地问，那我叫什么好呢？

你只能叫蛤蟆。

乐子不太喜欢这个名字，他心想，既然都做杀手了，干吗不取一个气派响亮的名字，蛤蟆疙里疙瘩的，有点恶心。他忍不住问，蛤蟆有毒吗？

经理人说有毒。七寸说，因为近日加入百毒会的人太多，世界上有毒的东西都被用来做名字，连传说里的、电影里的都用上了。最后还是不够，经理人翻阅典籍，综合民间传说，又挖掘出一系列有轻微毒性的物种，蛤蟆是排在第一位的，第二位是蛔虫，你选哪一个？

那还是蛤蟆吧。

没有经过太激烈的讨论，乐子杀手的艺名就被定为"蛤蟆"，定下名字之后他们开始商议杀那个女人的具体方案。

他们把这个即将被杀的女人代号定为"半裸"。这是乐子提出来的，他一想到要杀人，脑海中第一个出现的就是胡半裸。当然，七寸和蝎子并不知道乐子的确切想法，他们只是觉得这个代号和那个穿着暴露的女人很般配。在如何杀死半裸的问题上他们又产生了分歧，半裸所住的别墅有非常先进的报警装置，不能像杀普通人那样翻墙进屋做事。蝎子的意思是让七寸充分发挥他英俊男人的魅力，靠近半裸趁机出手，最好是无声无息把她解决在床上。她的提议遭到了七寸的强烈反对，七寸的理由很简单，这违反了他做人的原则——不和陌生女人上床。尽管半裸愿不愿意和他上床还是一个有待解决的大问题。

七寸反驳蝎子说，要我接近她，还不如你去呢，你们都是女人，更容易亲近。

七寸的主意同样遭到了蝎子的反对，她也有一个原则，那就是不和女人上床。

在激烈的讨论中乐子发现大家讨论的事情已经偏离了主

题，从杀人转移到了床上，乐子在他们正欲讨论两人性生活的和谐等各大问题之前打断了他们，没有商量出结果的两人一起把球踢给了乐子，他们异口同声问乐子，那你有什么办法？

乐子奋力接住这个球，动用全身细胞去处理它，只可惜他对于杀人没有任何心得，无法提供什么实战性的建议。因为接触最多的就是乞丐，所以只能提供一个和乞丐沾边的办法，他的意思是由自己装成乞丐（七寸：还用装吗？），以此来博得半裸的同情，并在她施展同情心时趁机下手。

乐子的计划还没说完就遭到了七寸和蝎子的一致反对。他们认为，半裸这样的蛇蝎美人，是不会有什么同情心的。

虽然乐子的建议被一致否决，却因此提醒了七寸，由此引申了他们的另外一个杀人计划。这个计划由七寸根据乐子的建议改编而成，被最终采纳。

整个杀人计划的过程被规划成这样：由乐子装扮成擦鞋的鞋匠，在半裸每天经过的路口等着她，给她擦鞋。这时候如果半裸的鞋不够脏，可以采取一些相应措施，比如让七寸故意踩她一脚，蝎子对她的鞋子吐一口痰等等。为什么非要给半裸擦鞋呢？这是因为他们的杀人理念所致。七寸和蝎子认为，人世间最危险的事情就是亲密关系，要杀一个人就必须要和他发生亲密接触，以便在亲密接触时杀掉此人。七寸给了乐子一包毒药，让他在和半裸亲密接触——也就是给半裸擦鞋时，把这些药粉撒进半裸的鞋壳里。据七寸说，这是一种侵蚀性很强的毒药，一旦被撒在人的皮肤上，她就会全身溃烂而死。从脚开始溃烂。

乐子觉得这个方法无论从什么角度来说都让人感到恶心，不管是被杀者的死法还是杀人者的杀法。但为了能快些拿到钱，乐子没有反对。在那个阳光明媚的下午，三人把这个龌龊的计划付诸实施。

1.2

零散的阳光透过臭香椿树的叶子洒在擦皮鞋的工具包和乐子身上，他已经在这个繁华的街头等了三个多小时，期间被保安驱赶两次。乐子看着对面装成疯子，正蓄谋往半裸脚上吐痰的七寸，暗自抱怨这个家伙的情报偏差太大，说是半裸每天中午一点钟从这儿经过，到了四点还没有见她来。

时间没有因为等待而停下，太阳依然固执地西垂。乐子等得心神憔悴，疲惫不堪——虽然没有擦到半裸的鞋，今天生意却出奇的好，乐子一时间忘了自己是个出任务的杀手，擦得不亦乐乎。一双鞋就是五块钱啊，乐子甘之如饴，擦个不停，想要多赚点钱。因为太忙，他擦破了一双价格昂贵、不是一般人能穿上的鞋，据他了解，这种鞋只有一些不把钱当回事的暴发户和不用花自己钱的贪官污吏才能穿上，一般人是绝对穿不起的。

结果证明他的猜想是对的，这双鞋的主人不但是一个暴发户，脾气也爆得不行。他用那只被乐子擦坏的皮鞋狠狠踹了乐子几脚，乐子因为有任务在身，只能忍气吞声。这是一个自我安慰的说法，就算没有任务在身，乐子也只能忍气吞声。

忍着气吞着声的乐子满身脚印地等着半裸出现。此时半裸在他心里的地位恐怕已经无人能及。乐子在心里默默祈祷,半裸呀半裸,求求你就快出来让我杀了你吧!

也许是乐子的祈求感动了上天(这个概率很小),半裸终于在迟到三个小时之后姗姗而来。包括乐子在内的三双眼睛直勾勾看着她,恨不得只用目光就把她杀死在路上。

带着长长假发的七寸为了给乐子创造最佳条件,把储存了一下午的浓痰吐向半裸,确切地说是吐向半裸脚上穿的那双鞋子。不幸的是七寸那口目标明确的口水在出口的瞬间遭遇了一场大风,结果可想而知,那口让人作呕的浓痰在大风的挟持下改变了目标,落在了另一双鞋上,更不幸的是这双鞋正是乐子刚刚擦坏的那双。鞋子的主人彻底愤怒了,七寸开始承受乐子刚刚承受的一切。

由于七寸的非自然干扰计划被自然干扰,候补队员蝎子顶了上去,她把脚在事先准备好的一泡狗屎上踩了踩,然后踩上了半裸的脚。

对不起,对不起……蝎子在完成任务后幸灾乐祸地对面前的将死之人说。

将死之人丝毫不知道自己即将死亡,她气焰嚣张地骂蝎子,你没长眼睛呀……哎呀!这踩的是什么呀,我的妈!

蝎子本人虽然对这种踩到狗屎才想起妈的人深感厌恶,但因为任务在身,只好曲意逢迎,对不起对不起,你看那儿有一个杀……擦鞋的,让他擦,我付钱。

半裸顺着蝎子所指的方向看到乐子,暗自庆幸这儿有一个擦鞋的,这应该是擦鞋匠这个职业第一次受人感激。半裸一边感激擦皮鞋的乐子,一边鄙夷地对蝎子说,谁稀罕你的钱呀,我要你说对不起。

对不起对不起!蝎子第 N 次说。

看着走来的女人,乐子拿着鞋刷的手开始颤抖。今天的半裸仍然是"半裸"着的,露肚脐的红吊带,露大腿的白短裙,白色高跟鞋上一摊黑色的狗屎格外显眼。乐子看着艳丽的她走向自己,脑海中同时浮现出金子与种子这两个美艳得不可方物的女人,和她们带给自己的那段不可磨灭的记忆。一股强烈的狗屎味把乐子从美好的幻想中拉回来,那只沾满狗屎的高跟鞋占据了乐子的全部视线。

擦鞋?乐子的声音在抖。

半裸为乐子这句废话感到悲哀,怪不得这家伙只能在这儿擦皮鞋呢。

乐子开始擦这双鞋,他忍着狗屎味认真地擦着,对这双鞋的主人满怀同情,心想她既然马上就要死了,一定要把她这双鞋擦干净，让她在人生的最后时刻可以穿一双干干净净的鞋，下辈子投胎也能投得干净一些，别再和"凶杀案""杀手"这样的字眼发生关系。这是乐子擦过的众多鞋子里最用心的一双，他小心翼翼地擦着，像正在完成一件艺术品一样一丝不苟。狗屎被彻底擦拭干净，乐子的呼吸清澈了不少，女人特有的体香取代狗屎味钻进他的鼻孔，引起乐子的无限遐想，金子和种子又轮番在他心里攻城略地，这两个给过他绝妙感受、让他无比眷恋的女人，一个永远离开了他，一个绝情抛弃了他，现在也只有叶子陪在他身边，只是她的脸……乐子就这样一边胡思乱想一边擦着半裸的鞋，他的手臂不经意间触碰到半裸滑嫩细软的皮肤，这奇妙的触感让他心生爱恋，他突然觉得，这么美丽的女人，不应该就这么不明不白地死掉。

为了即将到手的钱，乐子还是掏出了七寸给他的那包毒药。

咦，这是什么？半裸对乐子拿出的这个金箔纸包产生了好奇，也是，一个擦鞋匠怎么会有这么精致的东西。

乐子抬起头，看着半裸美丽的脸，差点忘了事先编造的谎言，哦，这个……是保养皮鞋的……最新产品。

保养皮鞋的？我怎么没有听过呀！半裸咯咯笑起来，这个要不要钱？

乐子再次抬头,他已经很久没敢这么仔细地看美女了。美女不属于我,他这样要求自己,有叶子我就很知足了。此刻,他看着半裸洋溢着明媚笑容的脸,更加坚定了之前的想法:这样的女人,不该死。但他又舍不得那即将到手的五万块,两难之间,突然想到一个十分天真的好办法。他是这样想的:他们杀了半裸能得到十五万,看这双鞋,十五万对半裸来说只不过是小菜一碟。既然她不该死,又能出钱,那就让她出钱,不让她死,反正无论如何都能得到钱,这不是两全其美吗?主意打定,乐子欣喜不已,毫不犹豫把这个想法付诸实施,他举着毒药对半裸说,其实,这个不是保养皮鞋的。

哦?半裸饶有兴趣地看着他。

这是一包毒药。乐子神情严肃地说,人的皮肤沾到它就会全身烂掉。

噢!半裸仍然一脸微笑地看着乐子,像在看一个小丑表演。

乐子对她的态度感到生气,他强调自己不是开玩笑,这是真的,有人让我帮你擦鞋时倒进你的鞋壳,他要杀了你,他给我们十五万。

真的吗?半裸嘲讽地问他,她已经对这个异想天开的擦鞋匠产生了反感。

真的。乐子没有注意到人家的表情,仍然一本正经地说,我不想杀你,只要你给我们十五万,我们就不再杀你。

半裸大笑起来,你电影看多了吧!还全身溃烂,给你十五万?你敲诈呀,敲诈也没有你这么笨的。

真的,这是真的毒药。乐子晃着手里的毒药。

半裸从乐子手里夺过毒药,连看都不看一眼,扔进人群。金色的纸包在空中划了一道优美的弧线,落在一条品种高贵的狗身上。

乐子开始为这条可怜的狗担忧,他对半裸说,这狗会死的,你要是不想像狗一样死掉,就赶快给我十五万。

半裸彻底愤怒了,她刚刚被人踩了一脚狗屎,现在又被人和狗联系在一起勒索。她冲着乐子大骂,你才跟狗一样,你这个擦鞋的死狗,还想勒索我?你知道老娘是干什么的吗,十五万?你死一百次都不值……半裸的声音越来越大,引来路人围观,人们饶有兴趣地看着一位高贵美丽的女士对着一个脏兮兮的擦鞋匠发火,听出是擦鞋的要勒索女人十五万时,更加兴趣盎然。有些无聊人士更是从中发现了这件事情的重大新闻价值,纷纷拿出手机拍摄。乐子从人们幸灾乐祸的表情中看出了事情的严重性,他担心再这样下去自己恐怕会被抓,想到这儿,他不敢再奢望那让他牵肠挂肚的五万块,奋力挤出人群,撒腿就跑，把人们戏谑的笑声撒在脑后。

第一次刺杀计划宣告失败。

七寸没有抱怨乐子。他被那个暴发户打得趴在床上哼哼，一个劲儿地发狠，声称要杀了那个家伙。

蝎子撇着嘴说，算了吧，还是留点力气杀半裸吧，杀他又没人给钱。

乐子蹲在角落里不发一言，他在想七寸给他的钱还够欢乐的归宿用几天。

蝎子抱怨乐子，你怎么回事，直接杀了她就能拿到钱了，你为什么还要节外生枝，向她要钱？亏你想得出来！不见到刀子，谁愿意给钱？

乐子一个劲儿后悔，他担心再拿不到钱欢乐的归宿就又要闹饥荒了。

七寸制止蝎子向乐子发牢骚，他说，第一次失败不是很正常吗，我们当初不是失败三次才把一个老太太给搞定吗？

这次失去了一个绝佳的机会，你说我们还能怎么办？

依我看，巧取不成，我们就只有硬夺了。七寸故作高深地说。

怎么夺？蝎子和乐子急切地问。

用刀……

七寸在乐子两人期待的目光中阐述他的想法，乐子听完之后感觉天空一片灰暗，这也叫办法？

这怎么不行，最危险的办法就是最安全的。七寸认真地说。

那我们杀了她之后怎么从她的别墅里逃出来？乐子就细节提出质疑。

还没有杀人就想着逃出来，你有没有一个杀手应有的气魄？作为一个杀手，可以没有脑子，但千万不能没胆子。七寸不知道从什么地方搬来了这些刺客信条。

乐子不想被人质疑自己的胆量，不再说话。

七寸见没有了反对的声音，清清嗓子说，既然大家都同意，那就今晚七点准时行动。

1.3

七点，初夜。风有点凉。

乐子往七寸身边靠了靠，他紧紧盯着半裸那座华丽的别墅，期待着人息灯灭。他们已经趴在这片草丛里等了很长时间，发现那灯仍然没有熄灭的迹象，他们开始怀疑半裸睡觉是不是不爱关灯。

都九点了，怎么还是灯火辉煌的？乐子焦急地问。

管她呢，再等两个小时，不管她睡不睡，我们就行动。七寸说。

唉！蝎子叹了口气，杀这个女人真难，要是有把枪多好。

七寸感慨，是啊，等干完这一票，我们就置办一把枪，有了枪，干活就容易多了。

蝎子连连点头。他们沉浸在对有枪的憧憬里。

你呢，得到钱你干什么？蝎子憧憬完之后还想分享乐子的憧憬。

乐子的憧憬说出来之后蝎子觉得有煞意境，她说，你心里就只有那些和你毫无干系的孩子，还给他们请老师，有什么用？

他们真的需要老师。乐子执拗地说。

蝎子不再和乐子争辩,她知道在这个问题上谁也别想说动乐子。

夜色越来越浓。

半裸的别墅灭了些灯,又有些别的灯亮起来。

七寸看了看表,他站起身说,开工。

乐子看着从窗子里透出来的灯光,担忧地说,再等等吧。

不能等了,雇主刚刚发来信息,让我们必须在十一点之前动手。

为什么?

不知道。

那我和你一起去。乐子也站了起来。

别,人多了反而不好,你们就在这儿接应我。七寸又对蝎子说,把刀给我。

蝎子一边把刀递给七寸一边疑惑地说,奇怪,为什么雇主非要我们用这把刀去杀半裸呢?

这些不重要。七寸依旧做作地说,重要的是我们能拿到钱。我一个人去,你们在这里等我回来。

你小心点。蝎子在临近危险时才知道担心。她吻了吻七寸拿着刀的手,温柔地对他说,我等你回来。

乐子觉得自己不出力就拿钱很不好意思,执意要跟七寸一起去。七寸拗不过他,只得带着他向半裸的别墅走去。

他们粗笨的脚步走在柔软的草地上,没有声音。乐子仿佛能听见自己紧张的心跳声。在别墅高高的围墙外他们寻找安全的入口,转了一圈之后遗憾地发现哪里都不安全。就在两人对这堵高科技围墙毫无对策的时候,原本灯火辉煌的别墅突然一团漆黑。

停电了。

这真是千载难逢的机会,七寸对乐子说,快蹲下,我踩着你上去。

乐子蹲在地上,七寸踩着他的背翻过围墙。乐子站起来,惊奇地发现自己无人可踩,翻不过去,他只好蹲在墙角,竖起耳朵听着里面的动静,也算是为这次刺杀行动出一分力。他听不到任何动静。

七寸从高高的围墙跳下来,他看了看四周,没有一个人影,偌大的院子显得空空荡荡的,一片静寂。

七寸把刀子用一块黑布蒙上,蹑手蹑脚走向黑暗中冰冷的建筑物。他走过狭长的走廊,轻轻上了二楼。他不知道半裸的卧室在哪儿,找了很久仍然没有找到。他暗骂这栋房子的设计师设计得那么复杂,风格异于寻常,应该是厕所的地方弄成厨房,照此推理,那应该是卧室的地方他设计在哪里了呢?衣帽间？有这个可能！有钱人的衣帽间都是很大的。

想到这儿，七寸打算到应该是衣帽间的地方看看，可却惊奇地发现走不过去了，他好像迷路了。

迷了路的七寸只得一个一个的房间去找，在开启了一扇又一扇毫无干系的门之后，他最终摸到了这一扇，在推开这扇门的一刹那，他断定，要杀的人就在这间屋子里。敏锐的他闻到了一丝血腥味，这是一个好杀手应有的天性……等会儿，味道怎么越来越大了呢……这，分明是死人的味道！当他看清屋里的情形之后确定了自己的想法，今夜要杀的人，已经死了。

半裸斜躺在床上，身下一片猩红，黑暗中七寸看不清她的表情，不知道她死得有多恐怖。他缓缓走到床前，抽出包在黑布里的刀。七寸把刀插进半裸已经没有生命的身体，拔出来，又认真地包好。他神情肃穆地做着这一切。他认为一个杀手见到自己的猎物是一定要动手的，不管他还有没有生命，这和贼不走空是一个道理。

七寸完成形式上的刺杀，转身要走。

就在这时，突然警铃大作，灯火通明，七寸被强烈的光刺得睁不开眼睛。

别动！

门外有人涌进来，听这杂乱的脚步声，应该不低于五个人。

七寸睁开眼，看见了杀手的天敌，黑洞洞的枪口对着他，这个刚刚还让自己充满期待的造物现在却让他异常恐惧，他放下刀，冲他们喊，别开枪，别开枪！

嘭！嘭……

没有人听他的，也许警察认为他们没有义务听杀手的，枪声响得毫无商量的余地。七寸数到第六枪就倒下了，他为自己能死在这么多子弹下而感到荣幸，他咧开嘴，看着那些面容冷峻的警察，想说些什么，却再也说不出一句话。

枪声仍然在响。

静谧的夜里，这杂乱的枪声格外突兀。墙外的乐子听到了，蝎子也听到了。乐子往外跑，蝎子往里跑，他们撞了个满怀。

乐子死死抱住蝎子，别去，你听这枪声，他们不止一个人。

七寸要死了，七寸死了！蝎子哭着，她死命挣脱乐子的怀抱，往别墅跑。

有警笛声，由远及近。

乐子再次抱住蝎子，也不知道哪儿来的力气，把她扛在肩上，向外疯跑。

蝎子在他的肩上又踢又打，哭了一路。

1.4

第二天，有两条新闻引人注目。第一条是关于半裸的，题为《亿万女富婆惨遭谋杀》，第二条是关于七寸的，题为《凶手狂刺女富婆十四刀，被警方当场击毙》。

刚刚稳定情绪的蝎子看了新闻，又激动起来，她大声质问电视屏幕，怎么会呢？这都是假的，七寸杀人从来只用一刀。

你的意思……是说半裸不是七寸杀的？乐子仿佛突然明白了什么。

不是，绝对不是。蝎子肯定地说。

我也觉得昨天的事情有些不合常理，警察怎么会来得这么快呢。

阴谋，这是一个阴谋。蝎子神经兮兮地说。

谁的阴谋呢，乐子说，警察的？这不可能。

怎么不可能，我要去杀了那些警察。蝎子又歇斯底里叫了起来。乐子不再安慰她，他也尝受过失去至爱的痛苦。他知道，对于这样的人任何劝慰都无济于事，他们需要的只是安静，或者是发泄。乐子走出屋子，以便于蝎子更好地完成这两件事情。

他沿着宽阔的马路漫无边际往前走，心里想着七寸，他死得太蹊跷了，为什么他刚进半裸的别墅就响起了枪声，难道警察一早就埋伏在那里了，那他怎么还能连捅半裸十四刀？难道警察就眼睁睁看着他杀死半裸才开枪吗？这一切都透着诡异。

究竟谁才是杀手？乐子被自己的想法吓了一跳，但细细一想，乐子还是肯定了自己的想法，在昨天那起凶杀案中，杀手和被杀者，都是被谋杀的。那究竟是谁谋杀了他们，他为什么要这么做呢？乐子想了很久仍然不得要领。

他回到七寸租住的出租屋里，蝎子已经安静下来，她看见乐子回来，面无表情地说，雇主让人把佣金送过来了。

乐子顺着她手指的方向看到期盼良久的厚厚几沓，忍不住打了个冷战，这个东西，它怎么突然让人心生畏惧呢。

雇主倒是很守信。乐子想。等等，雇主？一个念头从他脑海中电闪而过，他问蝎子，雇主是谁，他和半裸是什么关系。

不知道。蝎子依然面无表情，语气冰冷。

我觉得，雇主，和七寸的死有很大关系。乐子猜测。

什么？一提到七寸，蝎子立即神情紧张起来，你确定吗，真的是雇主的问题？

我只是猜测，每一个和这件事情有关的人都值得猜测。

那我们快点猜测吧，看谁最有可能。蝎子激动地说。

他们看着那一沓沓钞票猜测了很多人，包括他们自己在内，最后他们得出一个结论，每个人都有理由都有可能杀七寸。

这个结论延伸出另一个结论，七寸的死，是不可避免的。蝎子不愿意接受这个结论，如果七寸那么该死，她还去报什么仇。

乐子把蝎子带回了欢乐的归宿。七寸死了，她孤依无助，乐子知道，她现在最需要的是关怀，最害怕的是寂寞。

蝎子的到来引发了叶子的不满，她气势汹汹地逼问乐子，这个妖艳的女人是他从哪弄来的。乐子撒了个谎，说雇主给的佣金是蝎子捐赠的。这个谎撒得很有水平，叶子马上改变了敌视态度，对蝎子充满感激，十分客气。

蝎子是所有见过叶子的人中最与众不同的一个，她第一次看到叶子骇人的脸时没有惊愕，仍然面无表情。也许现在所有的事情都不再能让她心动，让她牵肠挂肚的只有一件事，就是七寸的死。为七寸报仇，成了唯一支撑她活下去的信念，尽管她还不知道到底应该找谁报仇。

她把所有的佣金都给了乐子，她说，没有了七寸，这些东西对她已经没有任何意义。她还说，只要你能帮我找出谋害七寸的人，我还会给你更多的钱。

乐子有一种被蔑视的感觉，那么好的朋友跟自己谈钱让他不太舒服，但他没有太在意，所有注意力都被这堆钱吸引了。

这次得到的巨额佣金让他对杀手这个行业的前景很看好，虽然已经有一个人为此死去，但他不以为然，认为这完全是七寸时运不济。他想，再多干几次，不但欢乐的归宿可以高枕无忧，就连叶子的脸也有希望重塑美丽。他由衷地感谢七寸把他带入这个行业，他对蝎子说，你放心，我一定会把陷害七寸的人找出来，亲手杀了他。

不！蝎子截口道，他只能死在我手里。

乐子没有在这个问题上和她争执。他还有很多的事情要做。他再一次为欢乐的归宿请来了老师，一共是四个人，乐子对他们说，要按正规模式教学，一定要和外面的学校一样。四个年轻的老师为了乐子许诺给他们的高额薪水来到这里，对乐子唯命是从。

解决了师资问题，乐子又开始解决孩子们的个人问题。这个问题一直是缠绕在乐子心上的死结，他曾一度在心里反复地想，却没敢想过可以付诸现实。如今他有了钱，信心十足地把这事搬上议程。他带着那些轻微残疾的孩子去医院，把能治好的治好，不能治好的做一些辅助措施，装个假腿安只义眼之类，看着孩子们越来越健全，乐子开心得不行。

而他的佣金也很快见底。于是，他接了第二单生意。

乐子的第二单生意是刺杀一个住在乡下的老头。这对他来说没什么挑战性,他很轻易就把那个老头解决在刀下。

给他引荐这单生意的是"百毒会"的经理人蜈蚣。他们在一个网吧的包厢见面,蜈蚣对年轻的乐子很客气。他一边打游戏一边和乐子说话,首先向乐子表达了对七寸之死的遗憾,然后给予乐子很高的评价,说单从他果断舍弃同伙、选择跑路这一点来说,他在杀手这个行业就一定会风生水起。他拉着乐子的手说了他对无数人说过无数次的话,蛤蟆,你的掌纹是我见过最奇特的,这和几千年前的达摩是一样的,你是救世主,你杀的每一个人都该死,你所做的一切都是正确的。

乐子对他的扯淡不以为然,他现在已经丧失了幽默感,只想快些杀人挣钱。他对蜈蚣说,你快说这次要杀的是什么人吧。

蜈蚣把一个老头的照片递给乐子,齐毅,住在城外的流水村,佣金是五万块。

乐子轻蔑地笑,杀他还不是小菜一碟,我今天晚上就去解决他。

雇主是有时间要求的。蜈蚣说,他要求你星期三凌晨三点去杀掉这个老头,早了晚了都不行。

乐子对杀个人还那么多穷讲究的雇主很反感,不过冲着钱还是答应了。

他对蜈蚣说,好,星期三,我来交差。

1.5

2009年某个周三的凌晨三点。

乐子潜入了一个农村住户的家里。他来——杀人。

杀这个老头没有费什么力气。乐子很轻易就把刀插进了那个老人的心脏,老头满眼笑意地看着他愚钝的动作,没有出声。整个过程安静而又吊诡。乐子的刀在老人温热的身体里停留了很长时间,他才闭上眼睛。这期间他没有发出一声呻吟,仿佛刀子不是插在他的身上。他一直慈爱地看着乐子,仿佛很享受这个过程。

老头的笑容让乐子毛骨悚然,他拔出刀子,匆忙擦着上面的血迹,确定老头完全没了呼吸之后,乐子把刀包好,向门外走去。

不拿钱,你就要走吗?漆黑的屋子里,突然响起苍老的声音。

乐子猛然回头,他看了看老头的尸体,仍是原来的样子,松了口气。

乐子以为是幻觉,太紧张了,他按着胸口,继续往外走。

把钱拿上。苍老的声音再度响起。

你是谁？乐子猛然回头。

你不认识我，你只是刚刚杀了我而已。黑暗中的声音仍在继续，这句话，多了些阴森。

鬼！乐子心头狂跳。虽然他一直对这个东西不屑一顾，但真的身临其境时还是禁不住害怕。他战战兢兢地问，你是什么东西？

我不是鬼，哈哈，没吓着你吧！你看看电脑就明白了。

乐子强忍住逃跑的念头，走向老头身边的电脑。他碰了下鼠标，屏幕亮起来，原来刚刚和他说话的只是这台电脑，确切地说，是电脑里的一段录音。

我叫齐毅，是请你来杀我的人——录音仍在继续——也就是你刚刚杀掉的人。谢谢你的帮助，你的报酬在书桌左边的第二个抽屉。那是我所有的积蓄了，别嫌少。永别了，好心的朋友。

乐子呆若木鸡。请杀手杀自己？世界上竟然还有这样的事。乐子想不明白，他依照死者的话找到了他的佣金，比定价还多出一些零钱。他收好钱，对老头的尸体深鞠一躬，转身离去。走到门口时他突然想起什么，又走了回来。他关掉老头的电脑，他知道电脑对人体辐射很大，不想老头在死了之后还被辐射。遗憾的是他没有玩过电脑，不知道怎么关掉这个东西。他拿着鼠标在上面乱点一通，无意中点开了老头的文档，看到了老头写的小说《谋杀自己》。原来，老头让自己做的事，就是这本小说的结尾。这是老头精心策划的一场谋杀，所有的细节都和他的小说一样。

神经病，乐子感觉受到愚弄，简直匪夷所思，还好他拿到了佣金，所有与他无关的事情也变得不再重要。每个人都有自己的想法，没有必要去管别人怎么想的。

乐子拿着钱走出房门时，抬头看了看天——爷爷死的时候，有一颗流星划过天空，奶奶告诉他，每当一个好人死去，就会有一颗星星落下。今天是阴天，没有星星。这个自杀的老头，应该也算不上什么好人。

杀一个想死的老头得来五万块，这买卖值。数钱的时候，叶子问他，你这又是在哪儿弄的钱？

蝎子捐的。乐子继续上次的谎言。

蝎子捐的？她怎么那么多钱？

她爸爸有钱。

那她不捐别人就捐你，你是不是跟她……叶子顺着她的思路想下去。

真是怕什么来什么，谎言隐瞒了一个爆点，却引发另一个爆点。对这一切乐子都无从解释，他只好发誓跟蝎子什么事都没干。对于女人来说，当一些事情到了无法解释的地步，最好的办法就是发誓。叶子在乐子的誓言里相信了他。

乐子讨好叶子说,她说她还要再捐些钱帮你做手术呢。

谁稀罕她的钱。叶子恨恨地说。她感觉到了蝎子潜在的危险,却又因为蝎子的善举无可奈何。

乐子不再理她,他拿出日记本,在后面的扉页上画了一个小小的圈——只有他知道,这一个圈代表什么。

你准备拿这些钱干什么?叶子问他,不能再去医院了,上次的钱没有治好几个孩子就完了,这次的五万就更不顶用了。还是存着吧,说不定什么时候我们又要缺衣少粮了。

乐子不以为然地说,没事,我还可以再挣……用蝎子给的钱做些生意。这些孩子可耽误不起,现在不治,以后再想治都不行了。

乐子晓之以理动之以情,说服叶子用这钱再治疗一个孩子。

他是这样想的,每杀一个人,就要救治一个孩子,以此来体现杀人的价值,然后再存一些钱留着日后给叶子做整容手术,以此来安慰自己的付出有所回报。他们这次要救治的孩子人称瘤子,原名已经无从考证。他之所以被称之为瘤子,是因为脖子上长了一个碗大的肉瘤,这个最明显的标志成了他的代称。瘤子眉目清秀,四肢健全,就是因为他脖子上的怪病才被父母遗弃。

乐子起先的意思不是救治他,是想给一个瘸腿少年装一条假腿。他的理由是瘤子虽然身上多长一块肉,但并不影响他日常生活的能力,可以暂时缓一缓。那个少条腿的少年相比而言更需要改造。乐子的决定遭到了叶子的强烈反对,她很喜欢眉清目秀的瘤子,她认为决定瘤子命运的就是他脖子上多长的那块肉,而那个瘸腿少年就是装条假腿也是瘸子。瘤子就不同了,没了脖子上的瘤子,就再也不会被人称之为瘤子了。

不能眼看着一个瘤子毁了瘤子的一生啊。叶子煽动乐子的决心。

乐子最终被叶子说服,决定先治愈瘤子。治愈瘤子花了不少钱。当瘤子看到生来就有的瘤子已经不复存在,喜极而泣。他跪在乐子和叶子的身前,久久不起。

瘤子的结局是幸福的,他的父母得知他已经没了瘤子,立即赶来这里把他接了回去。乐子相信瘤子从今以后会过上其乐融融的家庭生活,唯一美中不足的是已经没有了瘤子的瘤子,仍然被大家称之为瘤子。

关于这一点,蝎子说,杀人时留下的血迹,再怎么擦也无法不留痕迹。这痕迹,已经深深印入人的记忆里了。

现在的蝎子变得如同一潭死水一样波澜不惊。她对一切都不感兴趣，这些天来只是在做一件事，寻找谋害七寸的幕后黑手。她偶尔也接一些生意，把佣金留一些给自己用，剩下的都赞助给了乐子。她对欢乐的归宿越来越有感情，她喜欢这里的孩子，天真而又纯洁。

相比蝎子而言，乐子这些天在杀手界更加活跃，他堪称劳模，一个又一个人在他刀下与世界诀别。他的动作越来越熟练，越来越快。他所光顾的顾客也死得越来越干脆，越来越轻松。

每次把刀插入心脏的时候，乐子都强迫自己想，自己是为了救人而杀人。他没有想到另一层：为了救苦难中的人，他杀了那些幸福中的人，这么做，究竟是对是错呢？

1.6

这天乐子回来,发现门前停了很多车,其中也有亮着灯的警车和记者的采访车。这让乐子很恐惧,警察的突然造访让他恐惧。他不敢回去,转身溜走,这时守在门口的叶子发现了乐子,叫住了他。

叶子告诉他,欢乐的归宿今天迎来了一位贵客,一个私营企业的老板要来这里奉献爱心。

乐子松了口气,同时激动起来,这可是欢乐的归宿第一次得到社会的眷顾,或者说是好处。上次一群记者来这里宣传欢乐的归宿,却把李尽宣传成了杀人犯,希望这次他们能干些真正的好事。

乐子和叶子走进去,那位老板正在与孩子们合影拍照。摄影师努力地抓拍每一个感人瞬间。老板把一个玩具熊送给最能让人产生同情的傻蛋,傻蛋因为下身瘫痪,趴在地上,无论如何也够不到高高在上的老板递过来的玩具。摄影师急了,他冲老板喊,弯下腰,弯下腰。老板弯下腰,他胸前的刀疤露出来,怎么看怎么不像好人。

闪光灯咔嚓咔嚓。

傻蛋接过老板送给他的熊,高兴得哇哇笑。他脏兮兮的手抓着老板的裤脚,感激地说着什么。老板好不容易才抽回腿,拿纸擦了又擦。

随行的一个记者发现被叶子带回来的乐子,马上把摄像机对准了乐子,老板也在别人的提醒下向乐子走来。

在场的记者纷纷集中了精力,都知道今天的重头戏就要开演了。

老板走到乐子面前,首先做了自我介绍,称自己叫贾善仁,是娃娃乐玩具公司的老板。他握着乐子的手说,听说你一个人负担着这些可怜的孩子的生活,我非常感动,这是多么伟大的爱啊,为了表示对这些孩子的关爱和对你的敬意,我决定——

他把这句话拉得很长,示意在场的记者做好准备,抓住每一个镜头。

以我个人的名义,老板继续说,捐助十万块给这里的孩子,用于改善孩子们的生活条件。他说着从秘书的手里接过一个箱子,为了让大家明白这里面装着什么,他高高举起,递给乐子,乐子伸手去接,老板撒手了。

箱子落在地上——钱——撒了一地。

闪光灯咔嚓咔嚓……老板把脸面向镜头。

乐子把脸面向地面,去捡散落在地上的纸币,心里不住埋怨自己太笨,连个箱子都接不住。

摄影师拍下这足够感人的一刻。看着镜头里的情景，他总感觉什么地方有失妥当，直到照片洗出来他才霍然发现，这次打着幌子扬言要关怀的人，都跪在地上捡钱。

欢乐的归宿被人莫名其妙关心了一下，得到了一大笔钱。乐子高兴坏了，他这几天都没有接生意，一直在美滋滋地想，要是以后欢乐的归宿能得到更多人的关心，那就不用再去杀那些陌生人了。

他就这样沉浸在美好的幻想里，并且对那个手脚颤抖的老板充满感激。在他看来，娃娃乐的老板所做的事情是让人敬慕的，他希望这能成为一个良好的开端，在以后的日子，能有越来越多的老板像这个老板一样献出爱心。

关于这件事，蝎子只冷冷地说了两个字：作秀。

对于这两个字，乐子同样无法理解，他不知道作秀和绣花之类的词有什么联系。他只知道，那个老板做的事情，真真切切地给欢乐的归宿带来了幸福。他随手一掷，钱就散落一地。这些钱，乐子全用在了孩子身上，没有像往常一样存一些留给叶子做手术。他固执地认为，这些钱，是指名道姓要给欢乐的归宿的孩子，属于孩子们的东西，他一丁点都不会拿。毕竟能属于他们的，实在太少太少了。

蝎子对老板那两个字的评价，在她看到一份报纸之后，又增加了一些看法。

为了更好地说明蝎子的看法，首先我们要详细介绍一下这份报纸，确切来说是这份报纸的一个版面。这个版面上有三条消息，一条是关于猪肉涨价的，另一条是关于作家齐毅和他的小说《谋杀自己》的，然后就是关于老板贾善仁和欢乐的归宿的。这三条消息分别引起了三类人的关注。第一条让所有爱吃猪肉的人心怀不满；第二条让所有写书的人感到不公，凭什么齐毅死了，他的书就畅销了；第三条让欢乐的归宿里的人激动不已，这条报道主要说的是企业家贾善仁资助欢乐的归宿的事情，记者还顺便分析了贾善仁和甄怀人竞争商会会长谁机会比较大的问题。看到这一点，蝎子更加肯定了贾善仁在作秀的看法，她对乐子说，他是为了竞选才来关心欢乐的归宿的，看他装模作样的样子，假好人。

对于蝎子的看法，乐子不甚赞同，他认为无论如何，不管贾善仁出于什么目的，他都算做了一件好事。不管假好人真好人，只要做了好事，他就是好人。

不出所料，乐子所期待的现象并没有发生。贾善仁之后，再也没有人来关心过欢乐的归宿，他捐赠的十万块给孩子们换了几条假腿之后也所剩无几，不得已的乐子只好再一次接听了蜈蚣的电话。

怎么总不接我电话？蜈蚣在电话里抱怨。

乐子在电话这头笑笑，没有做任何解释。

今晚老地方见。

别，乐子制止说，我现在不想见你，你就告诉我是什么活吧。

不行，这是一个大活，我们必须见面。

大活？多少？

二十万。

1.7

某个网吧阴暗的包厢里。

乐子与蜈蚣面对面坐着,蜈蚣没有打游戏,他的表情很严峻。

这个家伙的命怎么这么值钱?乐子看着手中的照片问蜈蚣。照片很模糊,隐隐约约显现出一个人的侧影。

因为杀他很难。蜈蚣说,在咱们组织里,能杀他的只有两个人——你和蜘蛛。蜘蛛去澳大利亚执行任务了,现在只能把这个任务交给你了。

乐子应了一声,他一直在看着照片里的人,越看越觉得似曾相识。

三天交货?蜈蚣带着询问的目光看着乐子。

三天交货!乐子给予了肯定。

当天晚上,乐子按照蜈蚣所说的地址找到了目的地。来到这里,乐子立即明白了这个家伙的命为什么那么值钱了。看到他住的房子,乐子都无法估算到底值多少钱。一队保卫在院子里来回巡视,这让乐子误以为自己来到了市政府。

他赶在警卫换班时悄悄溜进去。在黑暗里,他凭借对有钱人的有限了解,摸到了"豪门"(乐子给此次要杀的人取的代号）的卧室。

这间卧室很大，这是乐子的第一感觉。他走进来多时，豪门仍没有发觉，他正和一个女人在床上嬉戏。

乐子坐在屋角的穿衣凳上耐心等待，他觉得这个时候无论有什么要紧事都是不应该打搅人家的，即使你要杀他。

良久，房间里终于恢复了平静，女人去冲凉了，豪门一个人躺在床上抽烟。乐子站起来，拔出刀子。寒光一闪而过。乐子在豪门发现他时捂住了他的嘴，看着乐子手中闪着寒光的刀子，豪门眼里满是恐惧，他拼死挣扎，却发不出任何声音。

乐子扯掉盖在他身上的毯子，拿着刀子的手急速下落，即将刺入胸膛的一刹那突然停了下来。他看到了一条刀疤。对于这条刀疤，他印象深刻，前不久在欢乐的归宿看到过，这条刀疤的主人曾亲手把十万块送到他的手中——对！他就是贾善仁。

乐子把刀收起来，把他打昏之后离开了。他不愿意杀他，不愿意伤害任何帮助过欢乐的归宿的人。

从高级杀手蛤蟆刀下逃过一死的贾善仁不会想到，自己能活下来，得益于一生中唯一做过的一件好事。

1.8

乐子这次行动的失败，严重影响了他在百毒会的地位。蜈蚣正在考虑降低他"高级杀手"的荣誉称号。这是他第一次失败，这仅有的一次否定了从前所有的成功。

乐子毫不在乎。他遵从自己的意愿，他觉得贾善仁不该死，就不让他死。刀在他手里，一切都由他来决定。

行动失败的乐子急切地想要再做成一笔买卖。机器一经运转，就很难再停下来。由于老往医院跑，钱花得很快，他又不愿意动留给叶子手术的钱。这是他攒了很久的，每杀一个人，他就藏起来一些，现在他已经有二十三万了。他问过医生，再有两万叶子就可以进手术室了。

他急切地想让叶子恢复容颜，他喜欢叶子，也想念种子。

有一单生意主动找到了乐子。这单生意的雇主是众多雇主中乐子唯一认识的一个，她就是一直沉迷于仇恨之中的蝎子，也许这对她来说已经不再是仇恨，而是一种寄托，一种支持她活下去的信念。

她兴奋地告诉乐子，她找到谋害七寸的凶手了。她猛烈摇晃着乐子的肩膀，眼泪在笑脸上肆意横飞。

乐子惊愕地看着突然间变得亢奋的蝎子，她美丽的脸因为极度兴奋而扭曲，兴奋中的她仿佛失去了表达的能力。她已经沉寂了太久太久，长久的渴望突然成真，让她忘记了该如何表达。

乐子耐心地等待她恢复平静。良久，蝎子终于恢复正常，她向乐子讲述她所发现的一切，其实，杀死七寸的人就是让七寸去杀人的人。蝎子看着乐子的眼睛说。乐子下意识把头扭向别处，蝎子哀伤到近乎解脱的目光看得他心里发毛。

他就是半裸的丈夫高润，蝎子说到这里提高了声音，他为了得到半裸的资产而又不被人怀疑，让七寸做了替死鬼。那天他给我们限定时间，给我们提供刀具，这一切都是他计划的一部分。其实，在七寸没有进去之前，半裸就已经死了，她死在高润给我们那把一模一样的刀下。七寸正进去时高润早就报了警，所以警察才及时出现。蝎子一口气说完。

这些，你是怎么知道的？

你不要管，我只要你帮我杀了他。只有你能帮我完成这件事情。蝎子说着把一个箱子重重放在桌子上，这些，都是你的。

乐子打开箱子，是一沓沓码放整齐的钞票，至少有二十万。这一片猩红的颜色，刺得他眼睛生疼。

你不是说要亲手杀了他吗，为什么现在又要我去？乐子不无担心地问蝎子。蝎子反常的表现让他害怕。

我还有更重要的事情。蝎子含糊其词,她不想告诉乐子,她之所以不亲自动手,是害怕自己会失败。她的目的很单纯,只想让高润死,不想节外生枝。

好吧。乐子答应了蝎子,他说,明天,你看报纸。

蝎子点头,她失神地坐在凳子上,像被抽走了灵魂一样无精打采,和刚刚判若两人。明天,她所期望的一切就会实现,对于这一切,她充满期待而又不敢想象。她不知道,杀了杀了七寸的人之后,自己还能为谁去杀人。

杀高润的确很难,或者说杀所有有钱人都很难,但对于乐子来说,这一切都易如反掌。他发现了这些人致命的弱点,他们怕死,或者说很多人都怕死,怕死的人有时候更容易被人杀死。

凌晨两点,乐子摸到高润的别墅,这时候高润刚刚结束牌局,走进卧室。对于这个地方乐子似曾相识,第一次做杀手时和七寸来到这儿,他因为跳不过围墙而滞留在外面,因此幸免于难。刚刚,他又一次站在墙外,他的心里没有恐惧,只有杀戮,为了七寸,为了蝎子。

他推开房门走进去,这间屋子里没有女人,有一股难闻的气味钻进他的鼻孔,他把这称之为铜臭味。高润睡得很死,鼾声如雷。乐子把刀放在他胸口,刺骨的寒意还是让他霍然惊醒。

他惊恐地看着乐子和刀,嘶哑着嗓子问,你是谁?

乐子没有回答,他紧紧捂着高润的嘴,刀慢慢刺入身体。他喜欢这个过程,死者痛苦的样子让他抛开一切是非观念。他在心里默念,你去死吧,为了七寸,为了蝎子,为了七寸,为了蝎子——为了蝎子,为了蝎子?真的是为了蝎子吗?一个念头从他脑中一闪而过,杀了他,真的是为了蝎子好吗?

他停住下滑的刀子,少量的血从高润身体里溢出来。屋子里充斥着他痛苦的呻吟,乐子松开了捂着他的手,语气冰冷地问他,你想死还是想活?

想活,想活,您开恩。

想活好,你明天就动身,逃得越远越好,最好逃到国外。今天我不杀你,明天还会有人来杀你。在这里,你一刻都不能再待下去,知道吗?

高润连连点头,眼前这个人怪异的行为让他难以琢磨。

乐子从高润的别墅溜出来,天已经蒙蒙亮了。他迎着清晨有些凄冷的风往回走,一路上思潮翻涌。

回去该怎么对蝎子说呢?他当然不会在意高润的死活,但他不想让蝎子死,若想蝎子活下去,高润就必须活着。蝎子说过,她之所以在七寸死后还苟活于世,就是为了报仇。

——之所以活着，就是为了报仇，那么高润被杀之后，她还会继续活下去吗？不会！乐子在心里给了自己一个肯定回答。蝎子在欢乐的归宿的这段时间里，他太了解她了。七寸死后，她失去了生气，她活着的理由变得单纯而牵强。她不是为了活而活，她只是在等死，在为死寻找一个仪式。高润的死，就是这仪式的句点。

　　乐子不想让蝎子死，他始终认为，活着比什么都强。

　　听完乐子的讲述，蝎子出离愤怒，她软软地瘫倒在地，仿佛失去了生命。

　　期盼已久、费尽苦心的事情，还是——失败了。

　　他怎么能从你的刀下活着离开呢？蝎子眼睛盯着地面，喃喃自语，乐子脚上那双破旧的运动鞋让她突然心生厌恶，七寸在的时候，总是把鞋刷得干干净净的。

　　他太侥幸了，乐子缓慢地说出他编造的谎言：我的刀子已经刺进他的身体，门开了，他的保卫队长来找他要车钥匙。然后我们就打起来，你知道，他们人多，我能逃出来已经很不容易了。

　　是你的坏习惯造成了这次失败。蝎子忍不住苛责乐子，如果动作能快一点，高润就已经不在人世了。蝎子费力站起来，一边向门外走一边说，既然你不行，我去。

已经晚了。乐子拉着蝎子的手说,他已经跑了,我刚摸进去就听见他和人商量,他要逃往东南亚。他的公司倒闭,欠了人一屁股债,再加上我刚刚的一番折腾,他更是变成了惊弓之鸟,我想他现在已经在飞机上了。

听了乐子的话,蝎子停止了挣扎,再次陷入可怕的沉默之中。乐子能感觉到他手里攥着的手无力地摊开,然后又紧紧握了起来。

他知道蝎子在想什么。

他也知道,蝎子不会死了。

他放开蝎子紧握的拳头。

1.9

今天是乐子离家出走三周年的日子,没有人记得这个日子,这一天欢乐的归宿发生的两件事夺去了所有人的注意力。乐子自己也忘记了这个日子,当他提笔要记下这值得书写的一天,圆珠笔写下日期时,他才猛然惊觉,到了今天,他已经在这个陌生的城市停留了三年之久。

他来这里是为了更好地活,而现在,他却在为了让别人更好地活而活。从最初的乞丐到现在的杀手,他的身份总在变化,但能选择的总是很少很少,或者可以这样说,是命运,选择了他。他能选择的,就是顺从命运对他的选择。照顾欢乐的归宿,是他唯一不盲从命运的一次选择,也正是因为如此,他如今的路变得曲折离奇,今后的路变得凶险莫测——你可以想象,一个杀手能够平安地过多久。

由此可见,照拂欢乐的归宿的孩子是不适合乐子这样的人干的。命运没有给他足够的条件,他的选择从一开始就注定是个错误,三年了,一错再错。

就在这充满苦楚的三周年之际,欢乐的归宿发生了两件大事。

第一件是蝎子干的——她失踪了。这件事引起了大家的恐慌。孩子们因为突然失去美丽善良的蝎子而伤心难过——虽然她很多时候看上去是冷的，面对孩子却格外温柔。孩子们不知道她为何失踪，又到了哪里，每个人都在心里默默念叨，为她祈祷。

只有乐子心平气静，也只有他才知道蝎子为什么会失踪，又去了哪里。蝎子偷偷溜走的时候他就知道，但没有阻拦，他认为蝎子出走是件好事。东南亚，那些清灵幽静的国度，适合每一个需要遗忘的人。乐子清楚地知道她是去寻仇的，乐子也知道，高润不在那里。去一个新奇的国度寻找一个并不存在的人，这是乐子为她设想的生活，他相信，在长久的追凶生涯之中，她会慢慢忘却仇恨，重新燃起对生活的爱。

蝎子的事情虽然让人心情低落，降临在欢乐的归宿的第二件事却把阴霾一扫而空。这是一个叫囍望的孩子带来的好消息。每一个人都为此兴奋不已，特别是乐子，对囍望赞不绝口，对他请的老师礼赞有加。他所做的努力终于得到了认可，囍望成了欢乐的归宿第一个考上重点高中的孩子。

囍望今年十六岁，属于欢乐的归宿里年龄较大的一群孩子。老师带着他去市里考试，也只是抱着试试看的态度，出人意料的是，他考上了。

市重点高中，是学生们挤破门槛都想进的学校。进了这所学校，就能证明你的能力，就能证明你不比别人差。学费很贵，乐子没有丝毫犹豫。他紧紧握住囍望的手，对他说，上学是好事，只要你能上，不管多少钱，我出。

囍望热泪盈眶，他看着站在自己眼前的乐子。这个比自己大不了几岁的少年，没有任何条件地帮助自己，这一点胜过了亲生父母。泪雨纷飞中，他用一只好手抱住乐子，泣不成声。

乐子和孩子们一起目送他一瘸一拐的身影消失在清晨的朝阳里。乐子看着他消失的地方，由衷感到欣慰。他从心底里希望，能有更多的孩子从欢乐的归宿走出去。

囍望的结局是美好的。在此后的日子里，有越来越多的孩子像囍望一样走出了欢乐的归宿，得到社会的接纳。乐子为他们高兴。当然，他的喜悦是凌驾于他人的痛苦之上的，要想供应更多的孩子，只有杀更多的人。

叶子的脸仍旧没有恢复美丽。乐子终于攒够了25万的手术费，医院却告诉他，现在要给叶子做手术至少要40万。医生的话让乐子猝不及防。世界变化太快，他总也追不上，他能做的，只有多杀人，在手术费没有变成50万之前给叶子手术。

手上沾满鲜血的刀，再也无法轻易放下。

1.10

此后的日子里,乐子的生活充满矛盾。白天他是欢乐的归宿沉默温顺的主人,到了夜里,则是冷酷无情的杀手。他的刀从一个个陌生人的胸膛穿过,他眼睁睁看着一个个鲜活的生命在手中消逝。他握刀的手多少次想顺带给自己一刀,因为心中若有似无的一点希望,他又安慰自己说没事,杀手只是恶魔千百只手中的其中一只,恶魔不死,总会长出新手,他杀不死恶魔,只能顺势而为。

就像非洲草原上的偷猎者,只是城中贵妇皮草上的虱子,贵妇抖一抖袍子,虱子就四散行动,找来更多的皮毛以便栖息。

贵妇抖袍子,恶魔长新手。

乐子等着。

杀手的生活并没有想象中刺激,这是一件索然无味的工作,只有被杀的人才会感到新奇。刀子在不同的肉体进出,黏稠的血流出来,染红一切能被染上颜色的东西——罪魁祸首的刀,洁白无瑕的床单,握刀的手和痛苦的呻吟。这一切都让人觉得毫无新意,包括被杀者惊恐的神情。

人,都是怕死的吧。乐子默默地想,但总有人要死,为了某些想要活着的人。

时光缓慢地流逝，时间一刻不停地前进，挟持着一切愿意或不愿意的人。乐子在杀手的生活中最终平静下来，随着时光的洪流坦然前行。他不再做关于生活的任何思考，只求好好活着，他允许自己只做两米之内的蚂蚁，只有碰到触角的才是同类。他不再看任何报纸，他告诉自己外面发生的一切都与他无关，尽管他的罪行已经传遍天下。

　　这样平静的日子持续了很长一段时间，直到他再一次遇见李尽。

　　那一天，正是他离家出走的第三年零八个月。

二 被捕

2.1

遇见李尽,是在一次杀手联谊会上。这时候的乐子已经是百毒会众多杀手中的头牌,被蜈蚣誉为特级杀手。在业界提起"蛤蟆"无人不知。他被众多杀手视为偶像,成了大家的精神食粮。大部分人觉得"蛤蟆"这个名字太过猥琐,不够气派,蜈蚣在会上提出,为了彰显头号杀手的尊荣,乐子由"蛤蟆"正式更名为"九尾蟾蜍"。

众杀手一片欢呼,就这样,根本没有一条尾巴的蛤蟆长成了九尾蟾蜍。

乐子一如既往地沉默。他坐在阴暗的角落,独自品味着浓烈的二锅头。看着兴致勃勃的晚辈们,他不发一言。他不知道他们为何做了杀手,也不想知道,否则他手中的尖刀会忍不住刺向他们。

联谊会进行到一半,大家开始交流各自杀人的感受。一个叫水母的家伙声音很大,他赤着脖子喊,老子杀人就从来没感到内疚过,这世界上每一个人都有罪,无论杀哪一个,都是替天行道。

那你怎么不杀自己呢?下面有人反对。

我想杀更多有罪的人,所以只能苟活于世,以便戴罪立功。

嗯,有理!

有道理!

是啊,极为有理!

众杀手纷纷赞同,他们为找到这么一个冠冕堂皇的理由感到兴奋。蜈蚣提议,由百毒会出资,把水母的言论刻成金字,当作杀手们的警世名言悬挂起来。

> 我想杀更多有罪的人,所以只能苟活于世,以便戴罪立功。

乐子在角落里冷冷看着这些可怜人寻找着可笑的心理安慰。他没有加入他们,二锅头浓烈的滋味让他涕泗横流。泪眼蒙眬中,他在人群中发现了一张熟悉的面孔。这张脸的主人曾让他牵肠挂肚,深怀感激——李尽,那个满腔侠义的西北汉子,难道他,也成了杀手?

乐子走向李尽,他努力让自己笑出来。

李尽看到乐子,眼里飘过一堆复杂的东西,惊愕?欣喜?痛苦?惋惜?……但他还是抱着一丝侥幸、一丝麻痹对乐子说,你怎么在这里,快走快走,现在不是扫地的时间。

乐子迷惑地说,我不是扫地的,我和你是一样的呀。

和我一样,你是杀手?李尽惊异地问。

乐子点了点头,在这里,他们叫我蛤蟆。

蛤——蟆!李尽的脸突然变得纸一样苍白。

是啊,我就是蛤蟆呀。乐子快乐地重复道,哦,他们现在叫我九尾蟾蜍了。

你怎么会干上这行?在回收世界里,李尽装作不经意地问乐子。

乐子喝了一口二锅头,望着人满为患的舞池。对这个地方,他印象深刻,和李尽的相识就是在这里。当李尽把他从胡半裸手中救出来时他就告诉自己,从现在起,你欠了这个讨人厌的家伙一条命。

为了活。乐子轻描淡写地回答李尽。

李尽看着淡定的乐子,突然间发现他长大了,没有了曾经的焦躁与懵懂，平添了些许世故与阴柔。那张脸依旧稚嫩，却已经是令人闻之色变的恐怖杀手，是天下尽知的头号巨犯了。

"蛤蟆"，追缉令上只是这么一个模糊的称谓，日夜追捕他的人不会想到，这个令人胆寒的名字背后，天日下竟是这样一个角色。

你呢，不是去西藏了吗，怎么也混进了百毒会，以前怎么没见过你？乐子一连问了几个问题，表面是关切，实则隐藏着另一层含义。也许是杀手这一行强烈的自我保护意识吧，对一切感到突兀的事情，自然而然地保持怀疑。

李尽皱了皱眉头，他有一种被审问的感觉，但还是认真回答了乐子的问题：我在西藏犯了事，待不下去就回来了，经人介绍认识了蜈蚣，就入了伙。我刚来没几天，你当然不会见到我。

乐子点点头，他突然面色悲凉地望着李尽，迟疑许久还是开了口，我想和你说几句话，也许你会觉得这话我没资格说。论年龄你比我长，论见识你比我宽，论本事你比我大，但是我还是想说出来，听不听由你。

你说。李尽好奇地看着乐子，他倒是想听听他要说些什么，咱们兄弟什么话不能说？你只管说。

得到李尽的许可，乐子又不急着表达了，他犹豫半晌，道，其实就是一句话,我是说,你要是不急着用钱,是不是能别沾这行?

李尽高高悬着的心仿佛在一瞬间落在棉花堆里,差点就哭出来,他仍然装作很平静的样子问乐子,为什么?

不为什么。

那你怎么不收手?李尽死死盯着乐子,仿佛想从他的目光里得到答案。

乐子没有躲闪,赤裸裸地迎着李尽的目光,我和你不一样,欢乐的归宿需要钱吃饭,叶子需要钱整容,孩子们需要钱上学,我回不了头了。你,一定要三思啊,难道你忘了,要做个大侠吗?

李尽跟乐子来到欢乐的归宿,暂时在这里住了下来。如今的欢乐的归宿已经和他离开时大不相同,房屋整洁,一切井井有条。孩子们目光清澈,开心玩耍。

难道你忘了,要做一个大侠吗?那天乐子这样问他,他没有回答,也不知道该怎么回答。大侠?怎样才能被称之为大侠?在他心里,乐子就是,可他似乎又不是,那么多人怕他,那么多警察在找他,他已然成为过街老鼠。

李尽这几天在欢乐的归宿四处溜达,看似悠然清闲,他却一刻都不敢松懈,他知道来这里是为了什么。当他从窗口看到乐子又一次拿起尖刀，他知道，乐子又要去"干活"了。

必须阻止他！

李尽假装与乐子在路上偶遇，问他，你要去干什么？

干活。乐子没有隐瞒，如实对他说。

今天可以不去吗？

为什么？乐子疑惑地看着李尽。

因为蜈蚣要见我们，他说他明天要召开一个"刺客会议"，在会上宣布一些事情。

那也是明天的事啊，又不妨碍我今夜的行动。乐子更加莫名其妙，他对李尽解释说，我已经答应叶子明天带她去做手术，干了这一票，钱就够了。

还差多少？李尽问。

一万。

我出。李尽说，我们今天就去给叶子手术，明天去参加蜈蚣的会。

怎么能让你出呢，乐子说，这个活好做，明天就可以拿到钱了。

李尽见难以说服乐子，只得胡搅蛮缠，我让你不要去就不要去，是兄弟你就别去，今天有危险，我们一起去给叶子做手术多好。

乐子犹豫起来，他也不想抹了李尽的面子，雇主确实没有要求特定的时间。最终他还是听了李尽的话。在心里，他也想尽快给叶子手术。

2.2

看着叶子被送进手术室,乐子的心情难以言喻,很快就可以看到叶子美丽的脸了,那到底是什么样子呢,会像种子一样漂亮吗?

来的路上叶子快乐得像个孩子,她挽着乐子的手说,等手术成功了,我希望第一个看到我的人是你,你不看,我谁也不让他们看。

好,我一定要做你美丽新生的第一个见证者。乐子在心里告诉叶子。他踱来踱去,目光一刻都不愿从手术室紧闭的门上移开。

你们可以先回去。医生对乐子和李尽说,手术现在不能进行,还要做一些术前准备,明天下午才能完成手术。

哦,这样啊。乐子点点头,神情随即又变得坚毅,他固执地说,没事,你不用管我,我就在外面守着她,不会妨碍到你们的。

医生耸耸肩,随你。

李尽劝他,我们还是先回去休息吧,明天再来也不迟。

乐子摇头,这个时候我怎么能离开呢,叶子需要我在这里。

李尽一时无语。

乐子又说,你还是先回去吧,明天还要参加蜈蚣的会。我可能去不成了,你替我跟蜈蚣说一声。

李尽点头,他没有再劝乐子参加明天的"刺客会议"。他突然有一丝奇妙的感觉,由衷地希望乐子不要去——虽然这次会议主要针对的就是他。

李尽走了,毕竟明天还要面对一帮毒辣的杀手。乐子看着他的背影,总感觉从西藏归来的李尽变了好多,具体改变了什么,他也说不上来。他甩甩头,不再去想那些无关紧要的事情。

他在长廊的长椅上坐下,满怀憧憬。今夜,他注定要在等待中度过。

2.3

2010年6月21日，夏至，这是个平常的日子，无论对谁来说都是这样。乐子不同，这一天不但是他的生日，还是叶子恢复容颜的日子，当然，依然守候在手术室外的他没有想到，今天还是他结束自由、锒铛入狱的日子。

有必要在此说明的是，今天是乐子离家出走的第三年零八个月的第十四天。以上这些数字只是为了说明，真正属于乐子的时间是多么的短，短到让人觉得什么事都做不了。

就在乐子守候在叶子的手术室外时，百毒会的众位杀手聚集一堂，召开了盛大的会议。这个会议叫"刺客会议"。组织者是蜈蚣，发起者却是另外一个人，他叫李尽，百毒会的新进杀手，一个还没有属于自己杀手艺名的菜鸟。蜈蚣在会上对众杀手说，今天之所以请大家过来，其实是李尽的意思。他前些日子得了一个宝贝，据人说价值连城，他想要出手没有门路，所以想通过各位同仁来出售此物。当然，他不会让大家白来，有人能帮助他卖个好价钱，他愿意让出两成的好处。另外，李尽还说，凡是今天到场的各位，每个人都会分到一份精美的小礼物。

众杀手听后一阵喧哗，纷纷议论一个菜鸟杀手能有什么值钱宝贝。

这时候站在蜈蚣身边的李尽说话了,一句话就让众杀手伸长了脖子。他说,现在,我要把这个宝贝拿出来,让大家帮着鉴定鉴定。

好,快拿快拿。众杀手急不可耐。

把宝贝拿出来之前,大家要先配合我做一件事。李尽说,把你们的武器放到我的面前来。

放武器,为什么要放下武器……众杀手迟疑起来。

我自有妙用。李尽说,大家配合一下我,才能看到这个宝贝的妙用。

哦,是这样。众杀手松了一口气,虽然还有一丝不解,但为了一睹宝贝的风采,也都不再犹豫,把随身携带的凶器纷纷放在李尽面前的桌子上。

李尽站在桌案前,看着各种稀奇古怪的凶器放在他的眼前,一阵眩晕。他仿佛能闻到这堆钢铁散发出的血腥味,谁能知道,他眼前的这些物件究竟结束了多少人的生命呢?

李尽的目光停留在他眼前的凶器上,久久不能转移。良久,他才回过神来,从口袋里拿出一块红布蒙在那堆钢铁之上,然后小心翼翼拿出了那个"宝贝"。这是一个球状的物体,通体黝黑，不知道是什么材质构成，散发着古朴典雅的光芒。

众杀手神情紧张地看着他手里的黑色小球，不禁产生了怀疑，就这个小东西还价值连城？

李尽把小球放在了蒙着红布的凶器上，神情严肃。他抬起头看了一眼围在台下的杀手们，缓缓伸出手，捏了一下那个黑色的小球。

尖锐的声音顿时响了起来，刺激着每一个人的耳膜。

众杀手看着李尽怪异的行为茫然不知所措。这时候从门外涌进来一队全副武装的警察，冰冷的枪口对着每一个人。这群靠刀枪吃饭的人终于到了面对刀枪的一天。

不许动！

蹲下！

众杀手虽然心有不甘，但出于对那块铁东西的恐惧——他们比任何人都清楚这东西的厉害——还是慢慢蹲了下来。

站在李尽身边的蜈蚣看苗头不对，把手伸向那块掩盖着武器的红布。

李尽在同一时间出手，他捉住蜈蚣伸向刀枪的那只手，轻巧地转了一个半弧，后背贴着蜈蚣的前胸用力摔了过去——漂亮的过肩摔。蜈蚣摔倒在地，还没来得及动弹，就被一把刀抵住了脖子。

蜈蚣"呼哧呼哧"喘着粗气,他知道,现在不动,这一辈子可能都动不了了。

你为什么要这么做?蜈蚣问用刀指着自己的李尽。当一个人清楚地知道自己即将死亡而无力改变的时候,最大的奢望就是想知道自己的死因,一如那些曾经死在他们手上的人。

这是我的职责!李尽的话语里透着一丝骄傲。

职责?你是⋯⋯

警察。和他们一样。李尽指着正在给杀手戴手铐的警员。曾经决定生死的杀手不再有以往的权力,他们被押着缓缓走向囚车。

一个老警察大笑着猛拍李尽的肩膀,有作为的年轻人,我喜欢,看来从西藏把你调过来是非常正确的。在短短半个月时间内就破获了这么大的杀手团伙,好好好!老头连叫三声好,一句比一句大声,可以看出来他此刻有多兴奋。李尽没有说话,他在想,要不要告诉他们,这次行动的主要对象蛤蟆,仍旧没有归案呢?

2.4

李尽带人来抓乐子的时候,乐子仍然等候在手术室外,还有一个小时手术就要做完了。

李尽突然把手铐戴在他手上,乐子怔了一下,但随即就恢复了平静。他看着神情痛苦的李尽,想到他这些日子的反常举动,喃喃自语,我早就该想到了,你是要做大侠的人,怎么会沦为杀手呢?

李尽面露难色,他知道,之所以那么轻易拿下这帮杀手,很大程度上是因为乐子对他的信任。

能满足我一个小小的要求吗?乐子问他。

什么要求?

让我再等一会儿,等叶子出来。

李尽点头,他现在能为他做的,也只有这些了。

不可以!老警察从人群里站出来,他对李尽说,怎么能让他继续待在这里,他是什么人?蛤蟆!杀人无数的魔头,他在这里待一分钟,危险就多一分,出了事你能担保吗?

我担保!李尽的声音大了起来,隐隐带着哭腔。

你担保得起吗?这是人民群众的性命,谁能负责。老头声色俱厉,他喝令手下,带走!

我看谁敢动。李尽拿着枪站在乐子前面,仿佛一头发怒的狮子护着身后的乐子。这是他唯一能为乐子做的事情,他一定要做到。

现场瞬间充满了火药味,剑拔弩张,一触即发。

算了,乐子对李尽说,我跟你们走。

可……李尽愧疚地看着乐子,再也说不出一个字,他的眼圈红了起来——在他以往的"大侠理论"中这是不能容忍的。

我不想让她看到戴着手铐的我。乐子笑笑,径自走向全副武装的警员。

警员们看着走来的乐子,不由得往后退了几步。

老警察看着缓缓走过来的年轻人,疑惑这个瘦弱的青年到底有什么力量,能让身经百战的警察心怀惧让。

把乐子押上囚车,李尽再也压抑不住哭声,泪水打湿了尖噪的警笛。

乐子回头对他说,我错怪你了,原来,你一直都是个大侠。

2.5

叶子从病床上醒来，乐子不在身边。她看见坐在床前的李尽，连忙拿起毛巾捂住脸，她问李尽，乐子呢？

李尽无语，满脸羞愧。

他在哪儿？叶子追问。李尽的表情让她更加慌乱。

他在警局。李尽决定把一切都告诉叶子，毕竟，这是无法隐瞒的。

他在警局干什么？叶子带着哭腔说。

李尽没有马上回答她的话，他慢慢思虑着，叶子，有些事情我想必须要你知道，一些关于乐子的事。

关于乐子，乐子能有什么事？

乐子，他是个杀手！李尽的声音很轻，在叶子耳中却无异于晴天霹雳。

他的钱，都是杀人得来的，他用在欢乐的归宿的钱，给你手术的钱，都是。

叶子心底冒起了一股凉意，这些钱都是杀人得来的，那他，得杀多少人啊。她想起这一年多来欢乐的归宿幸福的生活，又想起乐子的每一个不归之夜，无法判断乐子所为的对错。她只是清楚地知道，她——还欠他一个承诺。

其实乐子才是个大侠，只不过他用错了方法。李尽依然喋喋不休地说着，企图安慰叶子。

他在哪里？叶子固执地问，她已经不需要解释，任何解释都显得无比苍白。毕竟，杀手就是杀手。杀手是什么？是杀人犯！是人人喊打的过街老鼠，是人人唾弃的钱的奴隶，尽管乐子因此得到的钱并没有用到自己身上。

在警局。李尽回答。

叶子不再说话，她匆忙下床向外跑去。她用毛巾紧紧捂住脸。她还欠乐子一个承诺，她说过，要让乐子第一个看到她美丽的脸。

2.6

（画外音：乐子的日记到此已经全部完结。剩下的这几篇散乱文稿是乐子在狱中写的。对于为什么写剩下的这些东西，乐子说，他想给自己一个交代，至于是个什么样的交代，乐子没有多说。）

下面是乐子与李尽的几段对话，之所以记录下这些对话，乐子说是因为这关系到他对李尽的疑惑和李尽对他的承诺。

审讯室里。

李尽：蛤蟆，做杀手的这段时间内，你究竟杀害了多少人？

乐子：不记得了，只有它知道。（乐子把一张画满圆圈的纸递给李尽）

李尽：这是什么意思？

乐子：一个圈就代表一个人。

李尽（数了数）：三十六个？

乐子：可能吧。

李尽：这个圈里面还套着一个圈是什么意思？

乐子（表情痛苦起来）：那是个孕妇。

牢房里。

乐子：你怎么会当上警察，你先前不是全国通缉的要犯吗？

李尽：那是因为警察怀疑我杀掉的那个人被我找到了，原来他是带着钱逃跑了。他涉嫌巨大的商业欺诈，携款潜逃，说来也巧，他正好逃到了西藏。

乐子：像我这样的，活不成了吧？

李尽无语。

乐子：叶子什么都不知道，你们不要为难她。

李尽点头。

乐子：欢乐的归宿呢，你们准备怎么办？我唯一放不下的就是那里。

李尽：我会替你照顾那些孩子。我们现在正在为他们申报一些福利，他们有望被福利院接收。你放心，你不在的日子，我一定让他们活得更好。

乐子望着信誓旦旦的李尽，没有再说话。把欢乐的归宿交给国家，他放心。

2.7 等待

十、九、八、七、六……这是生命的倒计时,乐子悠闲缓慢地数着,数到四的时候他停下来——距离死亡,还有四天。

他坐在牢房阴暗的角落里,安静地,心平气和地,等待他的结局。

这是一次漫长的等待——虽然只有四天,对一个已无所求的人来说,每一分钟都令人心焦。

庆幸的是,他还有值得回忆的回忆。这些美好的回忆就像止痛药,在寂静的等待中抚慰着他焦躁的心。他想起了叶子恢复美丽的脸,孩子们日渐强壮的身心,这些都让他感到欣慰。除去这些,这个世界就再也没有让他牵挂的了,当牵挂的事情都有了归宿,他反而对即将到来的死亡充满期待。

叶子还是原谅了他,虽然看起来有些牵强,但他仍然很高兴,毕竟,当他第一次把刀刺进那个陌生人的身体时,就不再奢望得到任何人的谅解。

一只蚂蚁爬到他的身上,他没有动,任由这个小东西在赤裸的脚踝上爬来爬去。

他需要回忆。

被捕后的日子,孩子们一个一个来看他。囍望,傻蛋,刘芒……他们没有怪他，他们只知道他的好，只记得他为他们做的事情——那些从来没人愿意为他们做的事情。

孩子们的脸在他脑海中一一浮现，每当这时，他都像享受一席盛宴一样身心惬意。他一直都认为，结识这些孩子，是他这短暂一生中最美妙的事情。

那只蚂蚁没有停下脚步，固执地向他身体深处探索。他忍耐不住一阵阵酥痒，脱下裤子把那只蚂蚁拿了出来，小心翼翼放回地上。

穿上裤子后他躺了下来，把双手枕在脑后，换了一个更舒服的姿势。他就这样，安静地，心平气和地，等待。

画外音　其实，你就是你

　　阳光逃过乌云和树木的层层拦截，洒在写字台上的时候，已变得支离破碎。

　　有个朋友告诉我，要想看到整片阳光，必须到更空旷的地方。

——一个离题很远的引子

　　今天是乐子执行枪决的日子。我没有去。我看着桌上乐子的日记，没有像往常一样动手翻阅。现在，任何字眼都无法解开我的疑惑。

　　一阵风从窗外吹来，撩开了日记的扉页。一行稚嫩的字体映入眼帘，这句话，像一块从高空急剧下坠的巨石，砸碎了我的所有疑问。

　　在日记的扉页上，乐子写道：我，早已不是我。

后记　不悔少作是为诚

首先介绍一下这篇小说的情况。2009年，我19岁，跟随堂姐来到北京的大红门，在批发市场做小货郎。这份工作的主要内容是：管理库房，把货物从库房拉到档口。这之间的距离大概是800米，有一个上坡和一个下坡。我使一个小推车，或推或拉，作为两个档口唯一的男生，一天很多次走在这条路上。不拿货的时候，我就在柜台旁玩手机，和老板的儿子共同经营一个柜台，把望远镜、放大镜、军用背包、军用靴等军事爱好者喜欢的玩意儿批发给来自全国各地的商贩，也零售，但很贵。

老板有三个柜台，还有一个在前门。那一年我的活动范围是一条直线，每天骑着发货用的电瓶车从丰台的久敬庄到大红门，有时候也经过永定门去前门的柜台取货。我和老板的儿子一起，有时他载着我，有时我载着他，除了我们俩，别的柜台上都是小姑娘。有一个姑娘很有力气，会和我一起整理库房，装货卸货。下班之后，我们六七个人一起住在老板的三居室里。老板只有两个爱好：炒股和炒菜。炒股总赔，炒菜很好吃。吃完饭我们会打一会儿牌，看会儿电视，然后睡觉，第二天七点钟从家里出发去上班。

那是一段轻松热闹的日子。

每天在柜台前的时间很长，没什么事，我多数时间抱着自己的山寨手机看电子书。那时我发现了一个在线文库，首页都是世界名著，我不知道该看哪本，依照顺序往下读，碰到不喜欢的就跳开。大概半年时间，我把首页上的书看了一半。后来有一天，我那部个头大声音也大的手机丢失在柜台边，当时我还急哭了，可一想到可以买新手机又很高兴。那时我还没有用过诺基亚，过年回家看到朋友用的诺基亚N72很酷炫，一直想拥有一台。据说这种是智能手机，可以上网，可以安装软件。我和老板的儿子骑着电瓶车去附近的手机批发市场花了大概一千块买了一台。买回来之后大家说是水货，一是便宜，二是大家都是搞批发的，对于像我们俩这种没见识的年轻人肯定是能蒙就蒙。我不太懂水货是什么意思，沉浸在智能手机的乐趣中，装了很多游戏。后来游戏玩腻了又开始看书，在我装的一个手机浏览器的首页上，我看到了一家手机网站的征文比赛。

那是八月份。看到首奖的奖金有三十万，我跃跃欲试，第二天就在手机上写起来了。在这之前我也写过小说,那是十六岁,写了两个,一个武侠,一个自传式长篇,手写在本子上。我对小说的类型不太了解,认真阅读了"真人秀"这一类别,以为是要写得像真事一样,就选了这个写,现在想来应该是要求写非虚构的。我写下标题《有关乐子不同寻常的三年零八个月》,并没有什么构思,想到哪写到哪,以至于后来越写越飞,跟真完全不沾边了。饶是如此,最后居然拿了个三等奖,现在想来还是觉得不可思议。

因为是手机网站,每一个章节有字数限制,大概是不能超过一千四百字。我每天一章,很快就能写完。后来为了增加中奖率,也因为创作热情太高涨,又在"玄幻"的类别下开了篇新小说,叫《弑神》。大概是讲天下大乱,一个王子名字叫让(名字很怪,应该是看法国小说时觉得好听拿来用的),让的父母被杀,王城被灭,带着不多的追随者逃出去。让在逃亡的路上险象环生,也越做越大,最终和仇人短兵相接。就要杀死仇人的时候让发现了秘密,原来天下大乱是神的一手策划。神就要死了,要选择自己的接班人,他搅乱天下,只为了选出最强的那一个。知道真相后的让没有杀仇人,而是杀了神。

两篇截然不同的小说一起写就有些吃力,每天至少三千字。那段时间我脑子里只有这件事,下班后躺在床上写,在吵闹的柜台写，在杂乱的库房写，在拥挤的公交车上写，在飞驰的电瓶车后座上写，只要掏出手机，随时随地都能写起来。后来老板娘也发现了我工作有些心不在焉，我如实告诉她我在写小说，参加征文大赛。大家都很尊重我，小姑娘们还自发到网上给我投票留言。即使这样，看着越来越近的截稿日期，我还是感觉可能会写不完。我不顾大家的劝阻，请了一个月的假回家。家里正是收玉米的季节，我在田间地头写，在门前的坟地里写，紧写慢写，总算写完了。两个小说各有十万字，也就是说，我在三个月时间里用手机写了二十万字。

由于我从不拖更，在网站上还很活跃，负责征文的编辑注意到我，还安排记者过来采访。记者打来电话，简单问了一下我的情况。后来编辑发来一份报纸版面的截图，我第一次上了报纸，题为《网络写手手机日打5000字　恐患后遗症》。专家帮我分析，这么高强度的手机打字可能会得腱鞘炎之类的疾病。我不知道这是什么病，也一点都不在意，我高兴的是，终于写完了。

或许可以这么说，这部N72，这次写作，改变了我的人生轨迹。我在这个网站上认识了两个人，一个成了我的女友，一个成了我之后写作生活中不可或缺的良师益友。他叫魏思孝，当时他的笔名还叫维斯小，很怪，写的东西也怪。大家都在写武侠玄幻，他却模仿贝克特、司汤达写些《黄与黑》之类的怪东西。当时我并不知道他在向大师致敬，我只是莫名喜欢，于是主动攀谈。

也是得益于认识魏思孝，这篇小说才得以保留下来。到了冬天，征文比赛开奖，魏思孝得了第二名，我得了第三名，奖金是八千块。那天下着雪，我骑电瓶车去领奖。来到中关村的某个大楼，被大厅里的保安拦下，他把我当成送快递的，非要我说出要去的门牌号。我没来过这么大的楼，有些慌乱，后来还是负责我的女编辑下来把我带了上去。在编辑办公室也发生了一件尴尬的事，一个在网上和我对骂的男作者赫然在座，之前我们曾在各自的作品下面互骂狗屁。他是个中年人，看起来应该是个白领，读书多，骂起人来引经据典，我因为不懂就跟他乱怼，搞得他哭笑不得。这次见面，连编辑都觉得尴尬，让我们握一握手，一笑泯恩仇。我握住他宽厚的手，强作镇定，还揶揄他："不愧是这双手打出来的字，就是遒劲有力。"他笑笑，没有说话，编辑也笑笑，不知道该说什么。那大概是我此生最后悔的一句自作聪明的话。

拿到奖金，我请同事们吃了一顿饭，用剩下的钱买了一台手提电脑。那八千块钱，快赶上我一年的工资了。为了这笔奖金，我也付出了一些代价，和网站签了一份为期十年的合同，约定十年之中只能在这个网站上创作。当时什么都不懂，后来后悔已经晚了，我只能放弃当时所用的"郑在"这个笔名，在后面加上自己的真名。当然现在看来一切恰到好处，这样的谐音笔名实在是够傻的。

拿奖之后，网站编辑开始联系出版事宜。有一天编辑找到我，说有家出版社看中我的稿子，让我把 word 版发她。我当时还没买电脑，也不懂什么是 word 版，我求助魏思孝，当时他正在网吧上网。他告诉我 word 版就是电脑文档，我告诉他我没有电脑，也搞不懂文档。魏思孝非常大度地说："没事，要出版了是好事，我帮你把小说贴到 word 里。"那天魏思孝在网吧干了一个下午，把这篇小说从网站页面复制粘贴到 word 里。天黑时他发给我，说虽然把全文复制在这里，格式来不及调了，让我自己搞一下。我连声称谢，想必电脑那端的魏思孝应该是又累又饿吧。

后来这部小说也没有出版，再后来那个网站也没了。得益于魏思孝那一个下午的辛劳，这部小说得以保存。另一部《弑神》就没那么幸运了，随着关闭的网站永远消失在虚幻的网络里。

再后来我辞了工作，住进女友家写作，着实过了几年苦闷日子。这部小说的文档从一台电脑转移到另一台电脑，我再也没有点开过，我甚至都忘了它的存在。一直到今天，十年之后，我再次丢了工作，回归到悠闲的写作生活中，整理文档时我点开了它（由于软件的版本更迭，费了好大劲才把全文复制到新的文档里），没想到一下就看进去了，一口气看完已是深夜。这是一次陌生而又熟悉的阅读体验，我被十年前的自己逗笑、感动，以至于自己都怀疑这真的是我写的吗？我佩服那个少年，他一腔热血，怀着赤子之心，用幼稚的笔调写下眼中的世界。他对世界知之甚少，却不遗余力去思考，去关心。他幼稚的想法时常显得可笑，但我不敢笑，怕冒犯到他。

我常常想，十年前的自己和现在的自己，还是一个人吗？在我的感觉里，我不是那个少年，我无权干涉他的想法和意愿，我能做的只是帮他把当时的东西整理出来，毕竟那时的他没有这个能力。因为知识水平有限，因为在手机上打字只能看见一小片屏幕，行文中有大量的语句重复、语法错乱、错别字，以及大量连词的无意义使用。这也算是一个新发现，当年的小年轻脑子太快，写作不是一句一句冒出来，而是一段一段赶出来。我花了大概两个星期整理修改，我给自己的修改原则是：不更改事件的性质，不添加新的事件，不删除人物，不添加人物，不一次添加超过两百字的新段落，只修改错字和病句。

修改完之后我又读了一遍这个通顺的版本，由衷地喜欢。

谢谢魏思孝,谢谢十年前的我,留下了这么一部幼稚到酷的作品。现在我是很难写出这么勇敢的东西了:无知者无畏,杂糅各种风格,叙事大胆随意,敢抒情也敢犯傻。现在的我当然做不到也不好意思那么做。才子杨修曾言"悔其少作",我不甚赞同,我没有资格摧毁那个少年的心血之作。并不是什么初心不改之类冠冕堂皇的话,仅仅是对过往岁月的一份尊重与敬畏。按理说,这篇东西不该出现在这里,因为一点都不酷,不洒脱,不能匹配十九岁睥睨万物的胸怀,但总要有一个交代,权作说明吧。

郑在欢
2023　北京

图书在版编目（CIP）数据

乐事 / 郑在欢著. — 太原：北岳文艺出版社，2023.5
ISBN 978-7-5378-6679-8

Ⅰ.①乐… Ⅱ.①郑… Ⅲ.①日记体小说 – 中国 – 当代 Ⅳ.① I247.5

中国国家版本馆 CIP 数据核字（2023）第 012720 号

乐事

郑在欢 ◎ 著

出品人
郭文礼

选题策划
王朝军

责任编辑
王朝军

书籍设计
张永文

印装监制
郭　勇

出版发行：山西出版传媒集团·北岳文艺出版社
地址：山西省太原市并州南路 57 号　邮编：030012
电话：0351-5628696（发行部）　0351-5628688（总编室）
传真：0351-5628680
网址：http://www.bywy.com　E-mail：bywycbs@163.com
印刷装订：山西人民印刷有限责任公司

开本：787mm×1092mm　1/32
字数：155 千字
印张：8.5
版次：2023 年 5 月第 1 版
印次：2023 年 5 月山西第 1 次印刷
书号：ISBN 978-7-5378-6679-8
定价：49.80 元

本书版权为本社独家所有，未经本社同意不得转载、摘编或复制